怪談5分間の恐怖

マネキン人形

中村まさみ

親による子殺し、子による親殺し、無差別殺人、親や身内による虐待死《ぎゃくたいし》……。
なぜ、人の世はここまですさんでしまったのでしょう。
人の心にひそむ闇《やみ》が、日を追うごとに深くなり、
それまではあたりまえであったはずの感情を無にしてしまう。
そんな闇《やみ》におかされそうな世の中に、一筋《ひとすじ》の光が届《とど》いたなら……。
自らの存在《そんざい》こそが奇跡《きせき》であり、それは〝いまを生きたかった〟人々の上に存在《そんざい》する。
怪談《かいだん》というツールを用いて、
ほんの一瞬《いっしゅん》でも命の尊厳《そんげん》・重さ・大切さを感じてもらえたなら……。
そんなことを思いながら、
これからわたしが体験した〝実話怪談《かいだん》〟をお話ししましょう。

怪談師《かいだんし》　中村まさみ

もくじ

登山者

「あれは……」

友人・花川の父は、超《ちょう》がつくほどの現実主義者。

その父がいまでも青ざめた顔で、花川に語る体験談だ。


上天気のその日、花川の父は、趣味《しゅみ》の日帰り登山を楽しんでいた。

季節は春の終わり。昼下がりともなれば、少しあせばんでくるほどだ。

父は予定していた時間より早く休憩《きゅうけい》を入れ、道ばたに腰《こし》かけ、お茶を飲んでいた。


ザクッザクッザクッザクッ……

突然《とつぜん》、重い足音が近づいてきた。

父が顔を上げると、赤いチェック柄《がら》の長そでに、こげ茶色の長ズボン、赤い羽根かざりのついたぼうしをかぶり、深いグリーンのリュックサックとザイルを背《せ》おった男性が、登山ぐつを鳴らして歩いてくるのが見える。年は四十代だろうか。

それがどこであろうと、山道ですれちがうときには、かならず「あいさつを交《か》わす」のが登山者のルールだ。

登山を趣味《しゅみ》とする花川の父も、当然、ふつうにその男性に「こんにちは」と声をかけた。

ところが、その男性はえしゃくするどころか、父に見むきもせず、ひたすらまえを向いて通りすぎていってしまった。

(なんという礼儀《れいぎ》知らずな……)

そう憤慨《ふんがい》しながらも、父はその男性がどの道を行くのか、うしろ姿《すがた》を目で追いかけた。

父が休憩《きゅうけい》していたのは、ちょうど道がわかれる分岐《ぶんき》点の手前で、右へ行けばたんぼへ続く農道。その先は、帰路の電車の駅へつながっている。

左は、休憩《きゅうけい》後に登ろうと予定している登山道だった。

（もし左へ行ったら、追いかけていって、意見のひとつもしてやろう）

父はそう思いながら、じっと男性のようすをうかがっていた。

男性は、わき目もふらず、ずんずん歩いていく。

すると、突然《とつぜん》男性が視界《しかい》から消えた。

正確には、分岐《ぶんき》点の真ん中に密集《みっしゅう》している、熊笹《くまざさ》のしげるやぶの中に入っていったように見えた。

そこそこのやぶであるにもかかわらず、男性はなんの躊躇《ちゅうちょ》もなく、すっと入っていったようだった。

一瞬《いっしゅん》、ぎょっとしたものの、父はすぐあとを追いかけて、やぶの中に分けいろうと試みた。

ところが近づいてみると、両手でかきわけるのも大変なほど、熊笹《くまざさ》がうっそうと生《お》いしげっている。しかもたったいま、人がふみいったような形跡《けいせき》は、どこを探《さが》しても見あたらなかった。

呆然《ぼうぜん》として、しばらくたたずんでいた父は、なにかを感じてすぐに、右側の農道へと歩きだした。

「だけど本当に不思議なんだ。そいつのかぶってたぼうしの、赤い羽根かざりまでしっかり覚えているし、着ていた服や持ち物だって、いまでも覚えている。だが、そいつの顔だけはどうしても思いだすことができないんだ。

その上、近くにいた登山者に、その男性のことを聞いてみたが、みな一様に『そんな人は見ていない』と口をそろえて答えた。

いったい、あの男はなに者だったんだろうな……」

もうすぐ九十歳《さい》になるという花川の父は、いまも登山を楽しんでいるという。

せんす

友人・京子の父は、ある会社の夜警《やけい》を任されていた。

息子《むすこ》がまだ幼《おさな》かったころ、京子はよく息子《むすこ》を連れて、父の仕事場に遊びに行っていた。

ある日、いつものように遊びに行くと、父があわただしくしている。

「急に外出しなければいけなくなったが、十分ほどでもどれるから、となりの部屋で待っててくれるか」

そういって、緑色のラベルが付いたかぎを、京子にわたそうとした。

そのかぎが目に入った瞬間《しゅんかん》だった。

「じいちゃん、いや！　あそこの部屋、いや！　ぼくも行く！　じいちゃんと行く！」

ふだん物静かな息子《むすこ》が、おいおい泣きながら、出かけようとする父にしがみついた。

父が〝となりの部屋〟と呼《よ》んでいるのは、資料室兼《けん》会議室で、二階のいちばんおくにある。

ふだんはお昼ごはんを食べるときに使う程度で、あまり人の出入りがない部屋であり、父が来客中のときなどに、京子たちはそこで待機していた。

ところが、いつのころからか、京子の息子《むすこ》が、その部屋を異様《いよう》に怖《こわ》がるようになった。

尋常《じんじょう》でないようすで、父にしがみついている息子《むすこ》に、京子はたずねた。

「まえはなんともなかったでしょ？　最近どうしちゃったのよ？」

「着物を着たおばさんがいる……」

息子《むすこ》は泣きじゃくりながら、ぼそっとつぶやいた。

「えっ、着物？　どういうこと？」

顔を引きつらせて泣きつづける息子《むすこ》に代わり、父が困《こま》ったように口を開いた。

少しまえ、所用のあった京子が、父に息子《むすこ》を預けたときのこと。

息子《むすこ》は父の許可をもらって、〝となりの部屋〟でひとりで遊んでいた。

「口の字」に並《なら》べられた長い会議机《づくえ》の下へもぐりこみながら、ふと視線《しせん》を上げると、そこに見たこともないきれいな着物を着た、女性の足元が見える。

（だれがきたんだろう？）

息子《むすこ》は幼《おさな》いながらも、お客さんが入ってきたのだと思い、そっとその場から、はなれようとした。

その瞬間《しゅんかん》、その女性のひざ下から、はらりとせんすが落ちてきた。

息子《むすこ》が思わず拾おうと、手をのばしかけたとたん、せんすが床《ゆか》に着地する瞬間《しゅんかん》に、せんすも着物の女性も溶《と》けるように消えてしまった。

父がとなりの部屋に行ったときには、息子《むすこ》は顔面蒼白《そうはく》で、ほうけたように机《つくえ》の下でへたりこんでいたという。

帰るときに閉《し》めたはずの窓《まど》が、朝くると開けっ放しになっていたり、だれもいないはずなのに、階段《かいだん》を上り下りする足音が聞こえたり、人がいるはずのない側のブラインドのすきまからのぞかれたりと、その事務所では、他《ほか》にもいろいろなことが起きている。

「まあ、この事務所の裏手《うらて》に古い寺があるというのも、なにか関係があるのかねぇ」

そう話す父の横で、京子の息子《むすこ》は目に涙《なみだ》をいっぱいためて、「いっしょに行く！　いっしょに行く！」とくりかえしている。

その後、三人いっしょに出かけたのはいうまでもないが、京子の息子《むすこ》がそこを訪《おとず》れることは、二度となかった。

ある温泉《おんせん》宿の話

十数年もまえになるだろうか。

いまは亡《な》きわたしの祖母の米寿《べいじゅ》の祝いに、親戚《しんせき》一同が集まって、北海道小樽《おたる》市のある温泉《おんせん》へと出かけた。

無類の温泉《おんせん》好きであるわたしは、宿に到着《とうちゃく》するやいなや、すぐに風呂《ふろ》へ。

風呂《ふろ》から出たころには、ちょうど顔ぶれがそろい、わたしはそそくさと着がえをすませて、宴会場《えんかいじょう》へ向かった。

ひさびさに会ういとこたち。宴会《えんかい》は大いに盛《も》りあがって、そのあとは自然と二次会へという流れになった。

宿の地下にカラオケバーがあり、一時間ほど楽しんだあと、それぞれ割《わ》りあてられた部屋へもどった。

わたしの部屋は、四十平方メートルはあろうかという、ひろびろとした和室。釧路《くしろ》からきているいとこと同室だった。

酒に酔《よ》って、早々にいびきをかきだしたいとこを横目に、わたしはゆかたに着がえると、ふたたび温泉《おんせん》につかりに行った。

繁忙《はんぼう》期まえの深夜の温泉《おんせん》。

風呂《ふろ》場にはだれひとりおらず、わたしは天然かけながしの温泉《おんせん》大浴場をひとりじめしていた。

ひさびさにつかる、生まれ故郷《こきょう》・北海道の温泉《おんせん》。

（次はいつこられるかなぁ……）

大きな湯船に首までつかり、目を閉《と》じてそう考えていたときだった。

ヒタヒタヒタヒタ……ヒタッ……ヒタヒタッ

ぬれたタイルの上を、おかしな足どりで、こちらへと向かってくる足音が聞こえた。

だれがきたのかとふりかえってみるが、そこに人の姿《すがた》はない。

あたりを見回して、わたしはふとあることに気づいた。

浴場への入り口には、左右に開くガラスの引き戸があり、それを開《あ》け閉《し》めすれば、カラカラカラッと、かなり大きな音がする。

その音をさせずに浴場へ入ることは、どう考えても不可能だ。

そう思ったとたん、なんだか急にうすら寒くなり、手早く体を洗《あら》うと、わたしは急いでその場を立ちさった。


部屋へもどると、先ほどはついていた明かりが、すでに落としてある。

いとこは窓側《まどがわ》にしかれたふとんで、あいかわらず寝息《ねいき》を立てていた。

かべ側に寄せられたちゃぶ台につき、わたしはタバコを吸《す》おうと、灰皿《はいざら》をたぐりよせた。

そのとたん、痛烈《つうれつ》に背後《はいご》に視線《しせん》と気配を感じて、ぎょっとした。

（起きてるのか……？）

そう思いながら、わたしはなにげなくふりむいて、いとこを見た。

いとこは、わたしを背《せ》に、窓《まど》の方を向いて寝《ね》ている。

(あれ、かんちがいだったか……)

そう思った瞬間《しゅんかん》だった。

寝《ね》ていたはずのいとこが、一瞬《いっしゅん》、ぴくりと動いたかと思うと、ググググッとこちらに向きなおってきた。そのようすは人間のそれではなく、まるで電気じかけの人形のようだ。

こちらに顔が向いた!

わたしはそれを見て、腰《こし》を抜《ぬ》かしそうになった。

そこに寝《ね》ていたのは、見たこともない女性だったのだ。

ふとんの中からまばたきひとつせず、その女性はじっと、わたしを見すえている。

目鼻立ちのくっきりとした、細面《ほそおもて》の若《わか》い女性……。

(いかん! 部屋をまちがった!)

瞬時《しゅんじ》にわたしはそう思った。

すぐにタバコとライターを引っつかむと、わたしは「す、すみません! 部屋まちがえました！」といって、ろうかへ飛びだした。

（ふ～危《あぶ》なかったぁ、さけび声でもあげられた日には、それこそ大さわぎだったな）

まだ鼓動《こどう》は激《はげ》しく打ちつづけている。

わたしはとにかく落ちつこうと、いったんみやげ物店などがある階下へ向かった。

そこにあるソファに腰《こし》かけ、いま起こったことを思いかえしてみる。

（風呂《ふろ》から帰って……階段《かいだん》上がって……部屋も〝うぐいすの間〟だと確認《かくにん》した。で、部屋の中でタバコを……あっ！）

わたしは、決定的なことを思いだした。

わたしは、部屋にタバコを置いたまま風呂《ふろ》へ行ったのだ。風呂《ふろ》からあがり一服しようとして、タバコを持ってくるのを忘《わす》れたことに気づいたのだから確かだ。

部屋にもどってから吸《す》ったタバコもライターも、当然そこに置かれていたものだ。

たったいま部屋から持ってきたタバコとライターを、わたしは改めてまじまじとみつめる。

両方ともまぎれもなく、わたしのものだった。

気を取りなおして、わたしはふたたび、うぐいすの間にもどった。
そこに寝《ね》ていたのは、まちがいなくいとこだった。
いったいあの女性は、だれだったのだろうか……。

真夜中の公衆《こうしゅう》電話

わたしがまだ、車の免許《めんきょ》を取ったばかりのころのこと。

とにかく車に乗りたくて、なにをするでもなく、ただあちらこちらを毎日走りまわっていた。

その夜、わたしは仲間と連れだって、北海道某所《ぼうしょ》にある水族館の近くにいた。

割《わり》と近くまで海がせまり、車のエンジンを止めると、しーんと静まりかえり、暗闇《くらやみ》に海鳴りが聞こえるような場所だ。

そこにわたしたちは、車三台で乗りつけ、水族館のまえに並《なら》ぶ自動販売《はんばい》機の明かりに集《たか》る蛾《が》のように、たいして内容もない話に花を咲《さ》かせていた。

話が一段落《いちだんらく》し、それぞれ自販《じはん》機でジュースや缶《かん》コーヒーを買い、歩道にしゃがみこんで、ばか話を再開しようとした、そのときだった。

「ギャ――――ッ!! ギャ――――――――ッ!!」

闇《やみ》を切りさくような、女性の悲鳴が遠くに聞こえ、わたしたちは一様に顔を見あわせて、その場で凍《こお》りついた。

「な、なんだいまの!? 確かに悲鳴だよな?」

「水族館のトドの池の方だな。い、行ってみるか!?」

「よせよせ! どうせカップルかなんかがいるんだろ」

スマホも携帯《けいたい》電話もない時代である。

でも、幸いにして、すぐ近くに公衆《こうしゅう》電話があった。

「110番、した方がいいんじゃないか?」

わたしはそういってみたものの、もしかしたら、こちらの早とちりかもしれない。

警官《けいかん》に逆にしかられるようなことになっては、割《わり》に合わないということになり、結局、ほどなくしてわたしたちはその場をはなれた。

翌日《よくじつ》、なにげなくテレビを見ていたわたしは、流れてくるニュースを見て、心臓《しんぞう》が止まるほどの衝撃《しょうげき》を受け、その場にへたりこんだ。

「本日早朝、○○市にある水族館のトドの池で、女性が死亡《しぼう》しているのを職員が発見。女性はその場で殺害され、トドの池に投げこまれたものとみて捜査《そうさ》を……」

画面に映《うつ》るニュースキャスターは、淡々《たんたん》とした口調でそう伝えた。

その水族館は、昨晩《さくばん》わたしたちがいた場所。

悲鳴が聞こえた方向も、まちがいなくトドの池の方だった。

わたしはすぐに電話を取ると、昨晩《さくばん》いっしょにいた友人たちに、かたっぱしから連絡《れんらく》した。

「み、み、見たかニュース!」

「ああ、いま見てた。やっぱり昨日のさけび声って……」

「だからいったじゃねえか！　あのとき110番しとけば……」

「そんなこと、いまさらいったって、しかたねえだろうが！」

そんなやりとりをしながら、みんな、まるで自分たちが悪いことをしたような、なんともいいようのない気分をかかえていた。


一週間後、いつものメンバーに招集《しょうしゅう》をかけ、その日はわたしのキャンピングカーで、望来《もうらい》という海岸へキャンプにきていた。

日中はつりや海水浴を楽しみ、夕方からは花火にバーベキュー。

夜もふけたころ、車の中で恒例《こうれい》の怪談《かいだん》会が始まった。

車に関する話、家に関する話、学校に関する話……。

それぞれ持ちよった怖《こわ》い話を、ひとりずつ話していく。

それをおくの座席《ざせき》で、じっとだまって聞いていた山田が口を開いた。

「なぁ……この間の、例のトド池の事件だがよ」

「な、なんだよ山田。このタイミングでそんな話、すんじゃねえよ」

伊藤《いとう》が少しびくっとしたようすで、山田をにらんでいった。

「ちがうんだ。おまえら……なんとも思わないのか」

「だからっ！　思わないわけねえだろって。確かにあのとき……」

伊藤《いとう》の言葉を山田がさえぎった。

「ちがうって！　ちがうんだって。さっきから……女の悲鳴みたいなの……聞こえないのか？」

山田にいわれて、正直わたしはぎょっとした。

実はその少しまえから、遠くの方で確かに悲鳴にも似た、女のさけび声らしきものが、わたしにも聞こえていたからだ。

「や、やめろっておまえっ！　なんでそんなこと……」

別の友人が、そういいかけたときだった。

ジリリリリリッ

ジリリリリリリリリリリリリリリリリリリリッ　ジリリリリリリリッ

エンジンを止めて、窓《まど》を開けた車内にいたわれわれの耳に、それは突然《とつぜん》聞こえてきた。

おそるおそる、みんなで車外へ出た。


ジリリリリリリリリリリリッ　ジリリリリリリリリリッ　ジリリッ

音のする方を、いっせいに見る。

それは、みんなの目線より少し上に通っている、国道に設置された、公衆《こうしゅう》電話から聞こえていた。

その音には、その場にいた全員に聞きおぼえがあった。

公衆《こうしゅう》電話からは、無料で110番に電話をかけることができる。

決してやってはいけないことだが、小学生のころ、みんなで集まって公衆《こうしゅう》電話から、110番にいたずら電話をかけたことがあった。

いたずらといっても、なにもいわずに切るだけなのだが、そういう電話をかけると、かならず警察《けいさつ》から、発信した電話に向けてかけなおしてくる。しかし警察《けいさつ》の使用しているものは特殊《とくしゅ》な電話機で、その音も非常に特徴《とくちょう》的なのだ。

だからいま、そこにある公衆《こうしゅう》電話が発しているのが、警察《けいさつ》からの電話であることを、われわれは知っていた。

ということは、その公衆《こうしゅう》電話を使って、なに者かが110番に無言電話をかけたことになる。

しばらくすると、ベルは鳴りやんだ。

全員で国道へ上がり、あたりを確認《かくにん》してみたが、周辺に人家はなく、あたりには人っ子ひとり歩いてはいなかった。

あのタイミングで鳴った警察《けいさつ》からの電話。そして遠くで聞こえた悲鳴。

だれもなにもいわなかったが、そこにいた全員、同じことを思ったにちがいない。

あれは、「どうしてあのとき通報してくれなかったの」という、被害《ひがい》女性の悲痛《ひつう》なさけび声だったのかもしれないと……。

まぼろしの馬

先日、なにかのテレビ番組で、北海道の広大な雪景色が映《うつ》しだされていた。

白一色の画面。

それを見ているうちに、わたしはある日の体験を克明《こくめい》に思いだしてしまった。


二十数年まえのこと。

わたしの親しい遊び仲間に、馬主の娘《むすめ》がいた。北海道で〝ばん馬〟といわれる、農耕馬や馬ぞりを引くのに使われる馬ではない。れっきとした〝サラブレッド〟の馬主だ。

ある日のこと、その娘《むすめ》から電話がかかってきて、「馬に乗せてあげるからこないか」という。

わたしは仕事の都合をつけ、それから一週間後の土曜日、彼女《かのじょ》のいる帯広へ向かった。

当時はまだ高速道路も完備されておらず、岩見沢《いわみざわ》から先はひたすら下道を行かなければならない。

今晩《こんばん》は彼女《かのじょ》の実家に泊《と》めてもらうことになっており、さほど急ぐ旅でもなかったわたしは、狩勝峠《かりかちとうげ》を登り、頂上《ちょうじょう》のドライブインでひと息つく。

すると急激《きゅうげき》に眠気《ねむけ》におそわれ、わたしは車でひと眠《ねむ》りすることにした。


外は断続的に雪が降《ふ》っていて、道外ナンバーのトラックの運転手が、チェーンのしまり具合をチェックしているのが見える。

どのくらい眠《ねむ》ったのだろうか、わたしは間近で聞こえる、ある音で目が覚めた。


カラーン！　カラーン！　カラカラーン！


「な、なんだ？」

おどろいて体を起こして見ると、車のすぐそばに、ものすごく大きな馬がいる！

「おーっとぉ、びっくり。う、うま？」

それこそ、サラブレッドではない。

がっちりと無骨《ぶこつ》な四肢《しし》に大きなひづめの、巨大《きょだい》なばん馬だ。

「すごいなぁ！　いまでも、馬ぞりでこの峠《とうげ》をこえる猛者《もさ》がいるんだなぁ……」

わたしが生まれた岩見沢《いわみざわ》には、当時、ばん馬を使った〝ばんえい競馬〟というのがあった。ばん馬が荷物を積んだ重いそりを引いて、いくつもの障害物《しょうがいぶつ》をこえていく……。そんなレースが毎週展開《てんかい》されていたが、わたしはその姿《すがた》がかわいそうで、近くにいながら一度も見に行ったことはなかった。

そのばん馬が、いま、まさにわたしの目前にいて、鼻から勢いよく真っ白な息をふきだしながら、カッポカッポとひづめを鳴らしている。

（こんな機会はめったにない！）

そう思ったわたしは、車から降《お》りて飼い主に話しかけてみようと思いたった。

真冬の北海道、外は極限に近いほど寒い。

うしろの座席《ざせき》に放《ほう》り投げたジャンパーを取ろうと、わたしが手をのばしたときだった。

カラーン……カララーン……


息でくもる窓《まど》から、馬がゆるりと遠ざかっていくのが見えた。

「あ、あ……ちょっと待って！」

ジャンパーに片《かた》そでを通したままドアノブに手をかけ、わたしはあわてて外に出た。


いつの間にか、周囲は真っ暗になっていた。

そして、自分の他《ほか》は、だれもいなかった。だあれも……。

ただ白一色の景色が、広がっているだけだったのだ。

神の島

いまから三年ほどまえのこと。

わたしは日記代わりにつづっていたSNS上で、ふたりの人と知り合った。

そこからさまざまなご縁《えん》が広がり、沖縄《おきなわ》にひとつの拠点《きょてん》を設けることもできた。

沖縄《おきなわ》は幼少《ようしょう》期に住んでいたこともあって、わたしにとっては第二の故郷《こきょう》ともいえる、どこよりも思いいれの深い土地だ。

そのご縁《えん》をいただいたのは、沖縄《おきなわ》本島中央部、中頭《なかがみ》郡にある読谷村《よみたんそん》で生まれそだった當間御《とうまご》兄弟《きょうだい》。

おふたりとも、村内のさまざまな行事や活動に貢献《こうけん》されていて、彼《かれ》らの尽力《じんりょく》のおかげで、わたしは、怪談《かいだん》会のすばらしい舞台《ぶたい》を仕たてることができた。

その年の十月、読谷村《よみたんそん》むら咲《さき》むらの施設内《しせつない》にある、沖縄《おきなわ》料理店・謝名亭《じゃなてい》さんで、沖縄《おきなわ》での第一回目の怪談《かいだん》会を開催《かいさい》。百名をこえるお客様におこしいただき、会は見事に成功を収《おさ》めた。

勢いに乗ったわたしは、すぐに次の開催《かいさい》を當間《とうま》さんたちに打診《だしん》した。

おふたりとも快く引きうけてくださり、翌年《よくねん》には第二回目の会をすることとなった。


翌年《よくねん》三月、わたしはふたたび、むら咲《さき》むらにいた。

この回からは、同じむら咲《さき》むら内でも、舞台《ぶたい》を少し大きな〝ククル奏劇場《かなでげきじょう》〟に移し、沖縄《おきなわ》在住の怪談《かいだん》作家さんたちをまじえ、実に楽しい〝怪談《かいだん》ライブ〟を開催《かいさい》することができた。

ライブ終演後、當間《とうま》兄弟の弟さんが営まれる居酒屋で、成功を祝う打ちあげが開かれた。

ファンの方々もまじっての大宴会《だいえんかい》。そのとき、ライブ会場では見かけなかった、一人の女性がわたしに近づいてきた。

「わたしたち姉妹が体験した、とても不思議な話があるのですが、聞いていただけますか？」

女性は忍《しのぶ》さんといい、元々はこの居酒屋の常連客だという。

「ぜひとも聞かせてください」

わたしがそう答えると、彼女《かのじょ》は真剣《しんけん》なまなざしで語りだした。

でもそこは飲めや歌えの大宴会《だいえんかい》中。そのうち、沖縄《おきなわ》ではお約束の三線《さんしん》や太鼓《たいこ》も鳴りだし、とてもではないが、忍《しのぶ》さんの話をまともに聞けるシチュエーションではない。わたしは、あらためて別の機会を設けて、話を聞くことを提案した。

翌日《よくじつ》、ふたたび當間《とうま》さんの店に行くと、忍《しのぶ》さんはすでに到着《とうちゃく》していた。となりには妹さんもすわっている。

「わざわざ御足労《ごそくろう》いただいてすみません。実はね、忍《しのぶ》さん、昨晩《さくばん》あなたが少し話してくれたことなんですが、かなり濃《こ》い内容に感じたもので……。あんな騒々《そうぞう》しい中ではなく、きちんと聞こうと思いましてね」

わたしの言葉に、忍《しのぶ》さんは大きくうなずいた。

「そうですね。ある意味『濃《こ》い』というのはまちがいじゃないと思います。

今日、当事者である妹の詩織を連れてきたのも、話の精度を確かなものにするためでして」

「感謝します。それでは昨日の話を、もう一度、最初からお願いできますか」

忍《しのぶ》さんはひと呼吸《こきゅう》おき、詩織さんに目配せしたあと、淡々《たんたん》とした口調で次のような話をしてくれた。

一年ほどまえ、忍《しのぶ》は詩織をさそい、那覇《なは》市内で開かれた食事会に出席した。

「あたし、明日も早いから、先に失礼するね」

宴《えん》もたけなわとなったころ、詩織は忍《しのぶ》にそっと耳うちした。

詩織は恩納村《おんなそん》にある実家に住んでいて、そこからだと道が空《す》いていたとしても、車で一時間はかかる。

「気をつけて帰りなさいよ。家に着いたら電話してね。お酒飲んでないよね？」

「だいじょうぶよ。ちゃんと電話するから。じゃあね」

詩織は笑顔《えがお》で答えたものの、忍《しのぶ》の胸《むね》になんともいえない不安感がおしよせた。

それから四十分ほど経過したころ、忍《しのぶ》の携帯《けいたい》電話が鳴った。

「もしもし、詩織？　ずいぶん早い……」

「ネーネー（沖縄《おきなわ》での姉の呼《よ》び方）、あたしね……事故した」

「え！　ど、どこでっ!?　けがは⁇」

「だいじょうぶだよ~。あのね、単独で木にぶつかって……なんか縁石《えんせき》に乗りあげたみたい」

「場所はどこなの!?　すぐ行くから！」

「恩納村《おんなそん》の……入り口」

「……ちょっと、だいじょうぶなの？　なんでそんなに落ちついてるの？」

詩織の口調はあきらかにふつうではない。なかばほうけたような感じで、事故の衝撃《しょうげき》で、頭でも打ったのではないかと忍《しのぶ》は心配した。

店を飛びだし、すぐに事故現場へ向かう。

同時に忍《しのぶ》は地元の友人たちに電話をかけ、事故のことを伝えて、妹のそばにいてくれるようにたのんだ。

妹の電話のようすから、忍《しのぶ》は、事故そのものはたいしたことはなく、縁石《えんせき》に乗りあげている程度で、数人いれば車を移動させられるだろうくらいに考えていた。

忍《しのぶ》が現場へ向かう間も、なんどとなく詩織から電話が入った。

「ネーネー、もう少し髪《かみ》、切った方がいいよね……」

「携帯《けいたい》、新しいのほしいなぁ……」

そんな事故と関係ないことを、ひとことふたことというと、通話はぷっつり切れた。

忍《しのぶ》が三十分ほど走ったところで、電話をかけた友人のひとりから連絡《れんらく》が入った。

「忍《しのぶ》！　なんどもいわれた場所を通ってるが、どこにも詩織ちゃん、見あたらないぞ！　場所まちがってないか？」

「まちがうもなにも、詩織本人から教えられた場所だから！　とにかくあたしも急いで向かってるから、もう少し捜《さが》してみて！」

はやる気持ちをおさえてハンドルをにぎるうち、忍《しのぶ》は読谷村《よみたんそん》を通過し、ようやく恩納村《おんなそん》の入り口付近に差しかかった。

ほどなくして、忍《しのぶ》の目に赤色灯が飛びこんできた。

忍《しのぶ》の視線《しせん》の先には、何本かのヤシの木をなぎたおし、中央分離《ぶんり》帯に乗りあげて大破した妹の車と、いままさにストレッチャーに乗せられ、救急車へ搬送《はんそう》される詩織の姿《すがた》があった。

すでにかけつけていた両親が同乗して、救急車は病院へ向けて走りだした。

救急車を見おくる忍《しのぶ》を見つけて、先ほど電話をくれた友人がかけよってきた。

「あれからすぐに、詩織ちゃんを見つけてな。ご両親と救急は、おれが呼《よ》んだんだ。それより忍《しのぶ》……ちょっといいか？」

友人のあまりにけげんなようすに、忍《しのぶ》は事故処理《しょり》を行っている現場から、初めて視線《しせん》をはなした。

「あれからすぐに見つけた……さっきおれは、おまえにそういったよな？　でもな、どうしても納得《なっとく》いかないんだ。ここは先になんども通ったし、よくよく確認《かくにん》もした。いや……そんなことはいい。問題はそこじゃないんだ」

彼《かれ》はそういうと、いったんだまって、空をあおいだ。

「なにが……なにが問題なの？」

忍《しのぶ》が話の先をうながす。

彼《かれ》は、いくどとなくこの近辺を往復した。

もうなんどめかというとちゅう、ヘッドライトのずっと先に、白い服を着た女性の姿《すがた》がうかびあがった。

「あっ！　いた、あそこだ！」

そう思った彼《かれ》は、アクセルをふみこみ先を急ぐと、いつの間にか女性の姿《すがた》は消え、代わりに大破した詩織の車があったという。

「車の中をのぞいておどろいた。詩織ちゃんの着ていた服は、上下が黒だったからな。それにな、忍《しのぶ》。おまえさっき電話で、『詩織本人から、事故の現場を教えられた』っていってたけど、それは不可能だぞ」

「どういうこと？」

「おれが到着《とうちゃく》したとき、詩織ちゃんは、ハンドルとシートとの間にはさまれて、完全に気を失ってたんだ……」

だとすれば、あれほどひんぱんにかかってきた、意味不明な内容の電話は、いったいだれがかけたというのだろうか。

その道に立っていたという、白い服を着た女性はいったいなに者なのか。忍《しのぶ》は妹になにが起きたのか、まったく理解できないでいた。

幸いにして詩織のけがはかすりきず程度で、一時的なショックで気を失っていたものの、数日で退院することができた。


「事故の原因は、なんだったんですか？」

わたしは、忍《しのぶ》さんの話をだまって聞いていた詩織さんにたずねた。

「恩納村《おんなそん》に入って間もなく、目のまえに異様《いよう》におそい速度で走る、軽自動車が現れたんです。まえからも車がこないことを確認《かくにん》して、わたしはそれを追いこしたんですが、そのとたん、まるでなにかに引きよせられるかのように、ハンドルが曲がり、縁石《えんせき》に乗りあげてしまいました」

「詩織さんが事故を起こしたことは、その軽自動車のドライバーもわかっていたんですよね？それなのに、救護もせずに行ってしまったんですか？」

「それが……いないんです」

「いない？」

「はい。わたしが追いこした直後、まるでかききえるように、見えなくなって……」

そこまでいうと、詩織さんは口ごもってしまった。

「実は……」

妹のようすに、忍《しのぶ》さんがあとを引きうける。

「わたしは、妹が食事会を出るときからいやな感じがしていました。そこへきて白い服の女に、消えた軽自動車……。

それで最近、なにか変わったことはなかったかと、わたしは詩織に問いただしたんです」

すると詩織さんの口から、とんでもない話が飛びだしたという。

数週間まえ、詩織さんは友だちと連れだって、深夜のドライブに出かけた。

向かった先は島の東南に位置し、海中道路でわたることのできる離島《りとう》。

特別、なにかの目的があってその島へ行ったわけではなく、本当にただなんとなく向かったのだという。

この島は、〝神の島〟とあがめられる場所で、島には特別な拝所《うがんじゅ》がある。沖縄《おきなわ》の拝所《うがんじゅ》は神々や霊《れい》が宿る、大変神聖《しんせい》な場所だ。

島には外周をめぐる道路がなく、いったん島内へと入りこむと、かなり入りくんだ道を行くことになる。

島にわたったところで道はT字路となり、詩織さんはそれを左へ曲がった。

しばらく島内を走り、そろそろ帰ろうとしたふたりに、思いがけない災難《さいなん》が待ちうけていた。

わたってきた海中道路が、どうやっても見あたらない。

その海中道路は島の中央付近からのびており、かなり大きく目立つ上に、街灯もこうこうと灯《とも》っており、とても見失うようなものではない。

ところが、どこをどんなに走っても、海中道路が見つからないのだ。

ちゃんと道は覚えているのに、なんどもなんども同じ場所に出る。ふたりはほとんどパニックになりかけた。

そうこうするうちに車は、細く先へと続く直線道路に出た。

「あっ!」

ふたり同時にさけんでいた。

上向きにしたライトのずっと先の方に、女の人が立っている。

深夜、しかも辺境地帯で人と出くわすことなど、考えもしなかった詩織さんは、その人に道をたずねようと、すかさずアクセルをふみこんだ。

ところが、近づくと同時に、その人はかききえてしまった。

その人が立っていたと思われる場所は、つきあたりになっていて、大きな岩が鎮座《ちんざ》していた。

そしてそこには、たくさんの花束や、お供《そな》え物が置いてあった……。


「それを見たとたん、すごくおそろしくなって……。必死に走りまわっているうちに、なんとか海中道路にたどりつくことができました……」

詩織さんがひと呼吸《こきゅう》おくのを確かめ、わたしは質問した。

「その道のむこうに立っていたという女性。どんな服装《ふくそう》でした?」

「白い……服を着ていました」

それを聞いたとたん、わたしの頭の中にひとつの映像《えいぞう》がうかびあがった。

事故を起こす直前、詩織さんが追いぬいたという軽自動車。
忍《しのぶ》さんの友人が見たという、白い服の女性。
そして、詩織さんと友だちが島で見た女。
岩に置かれた供養《くよう》の花束。
それらはみな、一本の線でつながっていたのだった。

ついてくる親子

関西在住の北島さんの話だ。

北島さんは、乱読《らんどく》型読書家。

趣味《しゅみ》の人形関連からマニアックな分野の専門《せんもん》書まで、自分が「これだ!」と思った本が目につくと、なにがなんでも手に入れたくなるタイプ。

そうやって北島さんが集めた本は、漫画《まんが》も入れると、三千冊《さつ》近くにもなるという。

ある日、北島さんはたまたま乗っていた電車の中に下がる、中づり広告に目がとまった。

それは北島さんが、まえまえから興味を持っていた、〝怪談《かいだん》の世界〟を記した一冊《いっさつ》。

怪談《かいだん》に関連する本はあまた出版されているが、なかなか一貫《いっかん》性があるものは少ない。

広告で紹介《しょうかい》されているその書籍《しょせき》は、著者《ちょしゃ》が直々に体験者と対談し、それにまつわることを、かなり深くほりさげた内容のようだった。

深い怪談《かいだん》の世界を探究《たんきゅう》したいと思っていた北島さんの、食指が大きく動いた。

（……ほしい……これは絶対ほしい！）

家に帰り着くと、まつわりつこうとする犬を小わきに抱《かか》え、そのまま書斎《しょさい》へ向かう。

パソコンを立ちあげ、さっそくいつも使っている数軒《すうけん》の書店サイトで、在庫を確認《かくにん》した。しかし、いずれも〝在庫なし〟。

書店サイト以外のオンラインショップや、ネットオークションまで見るが、いずれのサイトでも見あたらなかった。

（広告まで打ってるのに、書店になきゃ、どこに売ってるんや？）

数日後、やっと答えが見えた。

コンビニの書籍《しょせき》コーナーに置いてあるという情報をつかんだのだ。

活字ばなれが進んでいる昨今、コンビニでしか買えない本というのがある。

読みたいと思える内容の本を、お手ごろサイズ、お手ごろ値段《ねだん》で買える本の形態にして、コンビニが出版社と独占契約《どくせんけいやく》して並《なら》べているのだ。二十四時間開いているコンビニなら、ほしいときに、いつでも手に入れられるからだ。

コンビニには雑誌《ざっし》しか置いてないと思いこんでいた北島さんにとっては、目からうろこが落ちるような情報だった。

さっそく買いもとめに出向こうと、したくをしつつ時計を見る。

午後十一時。

上着をはおり、玄関《げんかん》のとびらを開けると、遠くにぼんやりかがやく深夜営業のかんばんが見えた。

先ほどとは打ってかわり、いつの間にか雨が降《ふ》りだしている。

(雨か……明日にするか……)

いったんは、ためらいかけたが、したくもしたことだしと、みずからを奮《ふる》いたたせ、北島さんはかささをさして駐輪場《ちゅうりんじょう》へ向かった。

サドルをふきながら、頭の中で地図を整理し、いちばん近いコンビニを目指す。

夜中に近い時間、ただでさえ寒いのに雨まで降《ふ》っている。そんな中で、むだに走りまわりたくはない。

どちらにせよ、一店で手にするのは無理だろうと思い、いくつかの店を最短距離《きょり》で行けるルートで回ることにした。

一軒《けん》目は、家からほど近い商業施設《しせつ》の中にある、小さなコンビニ。

小さいながらも、品ぞろえでは大手に引けを取らず、駅の近くということもあり、人の出入りがとぎれることがない店だった。

駐輪場《ちゅうりんじょう》に自転車を置き、店舗《てんぽ》に近づいていくと、ビル自体がすでに閉《し》まっていた。

二軒《けん》目は家からちょっとはなれた、駅まえのコンビニへ向かった。

だが、どこのたなを見ても、それらしきものは見あたらない。

店員に確認《かくにん》したいところだったが、酒のつまみを手に、レジまえに並《なら》ぶ背広姿《せびろすがた》の一団を見てあきらめた。

次の店舗《てんぽ》はそこからかなりはなれていて、車通りの激《はげ》しい、大通りをこえなければならない。

深夜は長距離《ちょうきょり》トラックがたくさん通るため、できれば通りたくなかった。

（……あの道から行くかぁ。ほんまはいややねんけどなぁ）

しかし夜中のしかも雨の中、身の危険《きけん》を回避《かいひ》するため、北島さんは、ふだんは絶対に使わない、ある〝裏道《うらみち》〟を通ることにした。


その〝裏道《うらみち》〟は、ふつうの民家が建ちならぶ場所だったが、二十数年まえ、その通りのある家が火事で焼け、そこに住むおくさんが、にげおくれて亡《な》くなっていた。

実際は夫婦《ふうふ》げんかでかっとなったおくさんが、家に火をつけて自殺したのだった。

年の差婚《こん》をしたもののけんかが絶えず、大声でご主人をののしるおくさんの声が、よく外まで聞こえてきたという。

それを、北島さんは、つい最近になって知ったばかりだった。

焼けあとは、数年まえまでなぜかそのままになっていて、その後さら地になったが、近所ではいろんなうわさが飛び交《か》っていた。

中でも北島さんが気味悪く感じたのは、〝赤いドレスを着た若《わか》い女性が、うつむいたまま、たたずんでいる〟という話だった。

そのおくさんが死んだことを知らなかった北島さんは、彼女《かのじょ》の死後、一度、真っ昼間に彼女《かのじょ》を見かけているのだ。

そろそろ日付が変わろうという深夜に、そこを通るのは、いやでたまらなかった。

(ほんまにいややなぁ……せやけど、早く手に入れたいし)

このまま考えあぐねていても、刻一刻《こくいっこく》と時間が過ぎていくばかり。

意を決して自転車のサドルにまたがると、北島さんはゆっくりとペダルをこぎだした。

にぎやかな駅まえも、一歩裏《うら》に入ってしまうと、とたんに静かになり、黒々とした住宅街《じゅうたくがい》が広がっている。

道沿《ぞ》いに街灯はあるものの、雨のせいか、光としてはあまり役には立っていなかった。

この先に〝例の場所〟がある。

一刻《いっこく》も早く通りすぎてしまいたい。

ところが、気持ちとは裏腹《うらはら》にペダルをこぐ足に、なぜだか段々《だんだん》と力が入らなくなっていく。

（……ああいやや、ほんまにいややー）

……ギィィ……シャアァァ……ギィィ……シャアァァ……

それなりに年季が入っている自転車のチェーンが、カバーにすれて、静まりかえった住宅街《じゅうたくがい》に、まるでエコーがかかっているようにひびきわたる。

（あ、あそこや……）

手に持つビニールがさのむこうに、周囲の暗さをいっそう色濃《いろこ》くした一角が見える。

雨にぼやけながらも、こうこうと光を放つ他《ほか》の街灯に比べ、なぜかその一角だけ、うすぼんやりとした光がちらついている。

いくらその街灯を付けかえても、すぐにちらつきだすといううわさもあった。

（うわあ……かんにん……）

あと少しで〝例の場所〟……。

そう思った瞬間《しゅんかん》、突然背後《とつぜんはいご》から、髪《かみ》の毛をぴんっと引っぱられた。

北島さんは昔から、心身ともに悪影響《あくえいきょう》を受ける場所やものに接近すると、髪《かみ》の毛を一本、真うしろに引っぱられるのだという。

実際に引っぱられているかどうかは、定かでないと北島さんはいうが、どんな雑踏《ざっとう》にいようが、なにかに夢中になっているときだろうが、〝一本だけ引っぱられる感触《かんしょく》〟というのは、すぐにわかるだろう。

しかもそのときは、いつもより強く引っぱられたように感じ、北島さんは思いきり急ブレーキをかけて、その場に止まった。

見ると、ちょうど〝例の場所〟の手まえに、細い道があるのが見え、あわててそちらへ方向転換《てんかん》した。

（まえを通らんでよかった！　やっぱりあそこはあかんのや！）

だれだかわからないが、とにかく〝警告者《けいこく》〟に、心の中で激《はげ》しく感謝しながら、その後は、無我夢中《むがむちゅう》で自転車をこぎまくった。

どのくらい走ったのか、まえを見ると、いつの間にか大通りの信号のところにきていた。激《はげ》しく行きかうトラックの間をぬって、大手コンビニチェーンのかんばんが見えかくれしている。

やみくもに走ったせいか、気づくと、となりの駅まえまできている。

北島さんのプランでは、最後に訪《おとず》れる予定のお店だった。

(もう、あそこは通りたないし……今日はここで最後にしよう)

「ジャジャリーン『イラッシャイマセ』」

機械の音声に出むかえられ、店内へ足をふみいれる。

終電も過ぎた時間のせいか、こちらの店はお客もまばら。店内に入るとすぐに、店全体が見わたせた。

コンビニの定位置、窓《まど》ガラス側の書籍《しょせき》のたなに足早に向かう。

(あっ、あった！　ちゃうわ……これは別のやつや)

探《さが》している書籍《しょせき》ではないのでがっかりしながら、北島さんはなにげなく顔を上げた。

すると、店の外に、親子連れが立っているのが目にとまった。

子どもは中学生くらいだろうか。日焼けした面長《おもなが》の顔に、くっきりとした二重《ふたえ》まぶた、軽くウェーブのかかった黒髪《くろかみ》。

手編みのような、グレーのざっくりとしたセーターのすそから、白いシャツがのぞいている。

となりに立つ母親もそっくりな顔をしていて、子どもと同じセーターを着ていた。

ちんぷなビニールがさを母親が持ち、なにかを買ったと思われるレジぶくろを、子どもが持っている。

一見して東南アジア系《けい》とわかる目鼻立ちだった。

じろじろ見るのも申しわけないので、北島さんは、また視線《しせん》を書籍《しょせき》のたなにもどし、本を探《さが》しだした。

（いまの季節じゃ、日本は寒いやろうなぁ……んっ？）

そんなことを思いながら、北島さんはなにか違和《いわ》感を覚えて固まった。

それから親子は、店に入ってきた。

ところが、ドアが開けば鳴るはずの〝ジャジャリーン『イラッシャイマセ』〟が聞こえないのだ。

北島さんがいる書籍《しょせき》コーナーは、入り口の真横に設置されている。どんなに本探《さが》しに集中していたとしても、聞きのがすことはない。

それよりも、母親の持つかさからは、床《ゆか》に落ちるはずのしずくが、一滴《いってき》もしたたっておらず、店のおくへ足をふみいれることもなく、親子はただ入り口にたたずんでいるのだ。

(無理して探《さが》しにくるんじゃなかった……)

親子のようすを見て、北島さんは激《はげ》しく後悔《こうかい》したが、あとの祭り。

どうやってふたりをかわして店から出ようかと、算段《さんだん》しはじめていた。


コンビニは通常、出入り口はひとつ。

そこにいるのがふつうの人間であれば、そのまま横を通りぬければいい。

だが、相手が〝そうじゃないもの〟となるとやっかいだ。

店を出たあと、家までの行程を追いかけまわされるか、静かにぴったりとくっついてきて、しばらく北島家に滞在《たいざい》するか……。

北島さんにとって、どちらも経験のあることだけに、思案のしどころだった。

（さっきみたいに、髪《かみ》の毛を引っぱられる危険《きけん》信号も出てへんし……ここはついてもこず、なにもないということで……）

そう自分を納得《なっとく》させ、おなかに一度、力を落とすと、北島さんは出入り口に向きなおった。

（あ、あれ!?）

たったいままで、そこにたたずんでいた親子の姿《すがた》が、どこにも見あたらない。

親子から目をはなしていたのは、ほんの一、二分。

店内を見わたしてみるが、どこにもふたりの姿《すがた》はなかった。

（ふう……あれは、ふつうの人間やったんかなぁ。……つかれてんのやろなぁ）

「ジャリンジャリ～ン『アリガトウゴザイマシタ』」

（あれ？　これって出るときにも聞こえるんや。でも、あの親子が出るとき、音は……聞こえてない）

しゃがれたカウベルと機械音に見送られ、北島さんはそそくさと自転車置き場へ向かう。

（気にしたらついてくる……気にしない、気にしない）

ぬれたサドルをふきふき、自分に必死にいいきかせる。

びしょびしょになったタオルを、きしむまでひねりあげると、まえかごへと放《ほう》りこみ、北島さんは明るい大通りを目指してペダルをこいだ。

大通りを行くと、家まではかなり大まわりになるのだが、かさをたたくような勢いになってきた雨の中、先ほどの裏道《うらみち》を帰路にする度胸《どきょう》はなかった。

(仕事、明日休みでよかった。これで、かぜはひくわ、変なのにとっつかまるわなんて、それこそ最悪な一日や……ん……?)

しだいに近づいてくる信号を確認《かくにん》しながら、車の流れを見ようと視線《しせん》を道路に向けた瞬間《しゅんかん》、自分のこぐ自転車と同じ速度で動くものが、北島さんの視界《しかい》に飛びこんできた。

同じ色のセーターを着て、同じ顔をしたあの親子連れ……。

ふたりが、まっすぐまえを向いて歩いていく姿《すがた》だった。

それを見たとたん、北島さんは悪寒《おかん》がして、いまきた道を引きかえすことを決めた。

(あれと出くわしたからには、この先が思いやられる。やはり、走りなれた道を行こう)

先ほどのコンビニまえの横断歩道を見ると、信号が点滅《てんめつ》しはじめている。

北島さんは、急いでもどって横断歩道をわたることにした。

雨あしはさらに強くなり、いままでは横なぐりの豪雨《ごうう》と化し、夜中の嵐《あらし》になっている。

そんな中、親子は、小さなビニールがさをさしもせず、まったくゆれることなく、ありえない速さでまっすぐに歩きつづけてくる。しかも、ふたりの服はまったくぬれていないのだ。

(絶対ここにいてはいけない！)

北島さんの中で、なにかが必死にうったえている。

見知った恐怖《きょうふ》と見知らぬ恐怖《きょうふ》なら、前者のほうがまだ対処《たいしょ》のしようがある。

北島さんは横断歩道をわたり、眼前に広がる闇《やみ》に向け、急いで自転車をこぎだした。


そのあたり一帯は、中小規模《きぼ》の町工場がひしめきあっていた。

しかし営業時間もとっくに過ぎた、真夜中。

人も車もまったくおらず、静かな闇《やみ》の中に工場のかんばんを照らす小さな明かりだけが、距離《きょり》を置きながらぽつりぽつりと灯《とも》るのみだった。

(やっぱ、いややわこの辺。かなり走ったし、もうええやろ……明るいとこ、もどろう)

位置的に考えると、自宅《じたく》に近づいてはいるはずだった。

だがこのまま進めば、〝例の場所〟にたどりついてしまう。

（この状況《じょうきょう》で、あのまえを通るのはどうしてもさけたい！）

そう思った北島さんは、そこからわき道を抜《ぬ》けると、元いた大通りへ引きかえすことにした。

道路の真ん中で自転車を止め、かさを持ちなおす。

くつの中が雨でずくずくになっているのが気持ち悪いが、この際、そんなことはどうでもいいことだった。

自転車がたおれないように、地面についた足でしっかり支えながら方向転換《てんかん》する。いまきた道を行こうとふりかえったとたん、こちらに向かって近づいてくるなにかが見えた。

かさもささず、服もぬれず、暗闇《くらやみ》の中を実にゆっくりと歩いてくる……。

それはあの親子連れに他《ほか》ならなかった。

（もう、にげ場はない！）

親子を見たとたん、半ばあきらめにも似た感情が、北島さんの中にわきあがった。

意を決して、みずからをなんとか落ちつかせると、自転車をゆっくりとこぎだした。

ギイィ……シャアァァ……ギイィ……シャアァァ……

じょじょに親子との距離《きょり》が縮《ちぢ》まってくる。

ギイィ……シャアァァ……ギイィ……シャアァァ……

北島さんは、速度をゆるめることなく、つきすすんでいく。

ギイィ……シャアァァ……ギイィ……シャアァァ……

ギイィ……シャアァァ……ギイィ……シャアァァ……

こげばこぐほど、親子との距離《きょり》は縮《ちぢ》まる。

ギイィ……シャアァァ……ギイィ……シャアァァ……

ギイィ……シャアァァ……ギイィ……シャアァァ……


ちょうど親子とすれちがう瞬間《しゅんかん》だった。

正面を向いたままの北島さんは、常識では考えられないものを、視界《しかい》のすみにとらえていた。

それは、そこだけが真昼のように明るく、反面、足元だけが闇《やみ》に吸《す》いこまれて見えない、あの親子連れの姿《すがた》だった。

やっとの思いで親子の横を通りすぎたあと、ふりかえりたい衝動《しょうどう》を必死におさえながら、北島さんは、ひたすらまえを向いて自転車をこぎ続けた。


やっとの思いで自宅《じたく》にたどりつく。

愛犬を抱《かか》えて寝室《しんしつ》に入ると、北島さんは、そのまま気を失うように眠《ねむ》りについた。

その晩《ばん》北島さんは夢を見た。

数時間まえに通った、例の町工場が並《なら》んでいる道路の真ん中で、ぼんやり立っていると、あの子どもがあのセーター姿《すがた》で、コンクリートのかべにおおわれた建物の入り口に現れる。

そのままおたがいじっと見つめあったあと、おもむろに子どもが、左腕《ひだりうで》を真横にのばし、なにかを指さした。

その方向に目をやると、それは三階建て建物の二階部分で、四枚並《まいなら》ぶすりガラスの右から二番目。窓《まど》の左はしからななめに亀裂《きれつ》が走っており、ところどころにシール状の丸いものがはってある。

(もしかしてあんた……ここに住んでたん?)

北島さんはそう問いかけてみるが、子どもはなにもいわず、ただ指をさしているだけ。

ここで北島さんは目が覚めると同時に、夢の中の建物は、つぶれた町工場の敷地《しきち》内にある建物だと気づいた。

現在、入り口はベニヤ板でおおわれており、人の出入りはできない廃墟《はいきょ》になっている。

北島さんにはもちろん、親子にどんな事情があったのかまったくわからない。しかし、なんともいえない気持ちがこみあげていた。


それから一週間後の夕方のこと。

仕事帰りの北島さんは、のんびりと自転車をこいでいた。

もうすぐ自宅《じたく》に着く、というあたりまできたときだった。


ドスンッ！


上からなにかが落ちてきて、それが自転車の荷台にあたったような衝撃《しょうげき》を受けて、ハンドルが大きく左右にふれた。

（なんやねんなもう！　ネコか？　イヌか？　カバンの中のおやつに傷《きず》つけたら承知せえへん……あっ!!）

ハンドルを落ちつかせようと、体をまえのめりにした瞬間《しゅんかん》、北島さんは見てしまった。

夕日にあぶりだされ、地面にできた自分の影《かげ》のうしろに、ひと回り小さな頭がひょっこり飛びだしているのを……。

自転車を止めてしばらくその影《かげ》を見ていたが、北島さんは気を取り直し、またゆっくり自転車をこぎだした。

そこに、先日感じた恐怖《きょうふ》はなかったという。

(あんたがどんな理由でそうなったんかは、あたしは知らん。知らんもんには、なんもでけん。うちにこようがこまいがどっちでもええが、いまのあんたやったら見えるやろ？　そこが、あんたらがほんまに行かなあかん場所なんかどうか)

ついてくる影《かげ》に向かって、北島さんがそう心の中で語りかけると、すっとうしろの影《かげ》は消え、荷台が軽くなった。

以来、北島さんがあの親子に遭遇《そうぐう》することも、荷台が重くなることもないという。

お守り

ある日、原稿《げんこう》を書いていると、インターホンが鳴った。

画面ごしに呼《よ》びかけても応答がないので出てみると、玄関《げんかん》先に年配の女性がいる。

「なんの御用《ごよう》でしょう?」

そう聞くと、申しわけなさそうに頭を下げながら近づいてきた。

「あのう〇〇教と申しまして……」

どうやら布教活動に歩いているようだ。

それで思いだしたことがあるので、ちょっとつづってみたいと思う。


あれはいまから十七、八年ほどまえになるだろうか。

当時、わたしの会社に阿部《あべ》くんという青年がいた。

仕事はまじめで、遅刻《ちこく》や早退、欠勤《けっきん》はいっさいない。そんな働きぶりを買って、わたしは彼《かれ》にひとつの班《はん》を任せていた。

ある日、日ごろのがんばりをねぎらおうと、わたしは阿部《あべ》くんを家に招いて、食事をふるまった。

ビールと枝豆をやりながら、世間話にときおり仕事の話をおりまぜる。

「いやあ、阿部《あべ》くんのおかげで、あの班《はん》もすっかりいい方向へ向いてきてるよ。やっぱり任せてよかったよ」

「そうですか。そういっていただけて嬉《うれ》しいですよ」

ここは阿部《あべ》くんをねぎらう席。仕事の話はそこそこに、ほどよく彼《かれ》の気持ちをもみほぐし、その後は家族の話、趣味《しゅみ》の話などで盛《も》りあがっていった。

ふとテーブルの下に置かれた彼《かれ》のセカンドバッグに、目がとまった。

なにを入れているのかわからないが、ぱんぱんにふくらんでいる。

それをわたしが見ていることに気づいた阿部《あべ》くんが、にこにこしながらいった。

「あれ？　気づいちゃいました？」

「なにがだい？」

「ありゃ、てっきりこれに気づいたのかと思ったんですけど……ほら、これ」

阿部《あべ》くんはそういいながら、バッグをテーブルの上にのせてみせた。

見ると、表面に設けられた大きめのポケットの一部が、そこにしまわれた〝なにかの形〟にすれて革《かわ》が変色している。

「これ、なにが入ってるの？　もしかして化粧《けしょう》コンパクト？　……わはは！　まさかな」

「ちがいますよ。ほら、これです」

そういって彼《かれ》が取りだしたのは、直径6センチ、厚さ1センチほどの〝家紋《かもん》〟のようなものだった。

「なんだいそれ？　阿部《あべ》くんの家の家紋《かもん》？」

安直にそれしかうかばなかったので、わたしはそう聞いてみた。

「いえいえ、これは母に持たされたものでして……。実家が信仰《しんこう》している宗教《しゅうきょう》のお守りなんです」

そういいながら彼《かれ》は、わたしにそれを手わたした。

ずしりと重く、確かに霊験《れいげん》あらたかな雰囲気《ふんいき》がただよっている。

「へー！　阿部《あべ》くん、若《わか》いのに信心深いんだねぇ」

「いやあ、決してのめりこんでるってわけじゃないんですが、これ持ってると心なしか安心するんです」

「いや、悪いことじゃないよ。なんでも心のよりどころを持っているのはいいことだよ」

「そんなもんですかね」

それからなんだかそんな話に花が咲《さ》き、その日はお開きとなった。


その晩《ばん》だった。

ドンツクドンツク、ドンドンツクツク、ドンツクドンツク……

「うわっ！　な、なんだっ！」

大音量で鳴りひびく太鼓《たいこ》の音に、わたしはたたきおこされた。

それはふとんの上に飛びおきたあとも、しばらく聞こえていた。


翌日《よくじつ》、会社へ行くと、阿部《あべ》くんがトラックを洗《あら》っていた。

「おう、早くからがんばってるな！」

「あ、社長！　昨日はごちそう様でした」

阿部《あべ》くんは手を止めて、わたしに向かってきちっと頭を下げていった。

「いやいや、またやろうな。今度は堀川《ほりかわ》なんかも呼《よ》んで盛大《せいだい》に……ふわぁぁぁ～あ」

「わはは！　あれからまた飲んだんですか？　眠《ねむ》そうですよ」

「いやいや、そうじゃないんだ。まったく、信じられんやつが世の中にはいるもんだぞ。ゆうべ……といっても朝方なんだが、うちの周りで、太鼓《たいこ》をたたいてる大ばかやろうがいてな……」

「た、太鼓《たいこ》っすか!?」

「おう！　びっくりしたぞ。ドンツクドンツク、ドンドンツクツク！　なんてよ。わははは！」

「えっ、社長、いまのリズムをもう一回……いいですか？」

阿部《あべ》くんが真剣《しんけん》な顔をしていった。

「リズム？　ああ、太鼓《たいこ》のか。ドンツクドンツク、ドンドンツクツク……」

「まじっすかっ！　ちょっと電話かけてきます！」

そういうなり阿部《あべ》くんは、会社の休憩室《きゅうけいしつ》にある公衆《こうしゅう》電話へ走っていってしまった。

五分ほどして、もどってきた彼《かれ》の顔は、真っ赤に上気していた。

「おいおい、どうしたってんだいったい……？」

「社長が聞かれたその音は、実家が信仰《しんこう》している宗教《しゅうきょう》のものなんです。それを母に伝えたら、ものすごくおどろいてました」

「いや、おれもおどろいてるぞ！」

じょうだんめかしていうと、阿部《あべ》くんが真剣《しんけん》な口調で続けた。

「社長、まじめに聞いてください。それは、会の中でもかなり上の方しか聞くことのできない、いわば『ご託宣《たくせん》』だというんです」

「ご託宣《たくせん》？　なんでおれに……？」

「社長、昨日、ぼくが持ってたお守りに触《さわ》ったじゃないすかっ！」
「そんなこといわれても困《こま》っちゃうよ……」

それからあとはなにも起こらなかった。
託宣《たくせん》というのは、神のお告げのこと。
〝ご託宣《たくせん》〟といわれて、わたしはなんだかちょっぴり嬉《うれ》しかったのを覚えている。

冷たい人

昭和時代も終わりのころなので、いまから三十年近くまえ、玲子《れいこ》と直美というふたりの女性からこんな話を聞いた。


ふたりは、当時、外車ディーラーに勤《つと》めていた。

夏のある日、玲子《れいこ》は、自分のところであつかっている新車を購入《こうにゅう》した。

その日は、めでたい納車日《のうしゃび》。

仕事が終わると、玲子《れいこ》はさっそく、同僚《どうりょう》の直美をさそって、〝足慣らし〟をかねたドライブに出かけた。

玲子《れいこ》が購入《こうにゅう》を決めた車は、車体は小さいがその分きびきびとした走りが特徴《とくちょう》で、特に曲がりくねった峠《とうげ》などのワインディングロードで真価を発揮《はっき》する。

玲子《れいこ》は、少し足をのばしてみることにした。

「ねえねえせっかくだからさ、どこかで食事したら、湖の方に行ってみない？」

玲子《れいこ》の提案を、直美は快く承諾《しょうだく》し、街道沿《かいどうぞ》いにあるレストランで食事をしたあと、数十キロ先にある湖に向かって車を走らせた。

車はしだいに山間部へと入っていく。それまで点在していた民家も、いつしか見あたらなくなっていた。

「この道、本当に好き。カーブもきつくないし、あたしたちにはぴったりだよね～」

さわやかな夏の風を受けながら、新車を駆《か》る玲子《れいこ》がいった。

「とはいえ、『この子』には物足りないかもよ。あははは」

直美も笑顔《えがお》で答えた。

まえにもうしろにも車は一台もなく、真っ暗な峠道《とうげみち》を、ふたりの乗った車だけが軽快に飛ばしていく。

と、そのときだった。

「うしろからなにかくる。……バイクかな」

そう玲子《れいこ》にいわれてふりかえると、かなりうしろをヘッドライトがひとつ、追ってくるのが直美にも見えた。

「ここはバイクも楽しいからね。あたしもちょくちょくくるわよ」

ハンドルをにぎる手に力をこめながら、玲子《れいこ》がいう。

「ひとりでくるの？　危《あぶ》ないじゃないの」

「わかったわかった。今度さそってあげるってば」

そういいながら玲子《れいこ》が、ミラーに視線《しせん》を向けた、そのときだった。


バオオオオオオオオオオオオーンッ!!


それまではるかうしろにいたはずのバイクが、急速にふたりの車に近づき、とんでもないスピードで、車の真横すれすれのところを追いぬいていった。

「ちょっと危《あぶ》ないじゃないのっ!!」

思わず玲子《れいこ》がさけぶ。

「ふたり乗りだったわよね？　危《あぶ》ないったらありゃしない！」

玲子《れいこ》が直美に確認《かくにん》するようにいった。

追いぬいていったバイクは、そのままの速度を維持《いじ》しながら、爆音《ばくおん》をとどろかせると、またたく間に見えなくなってしまった。

それからふたりは、とちゅうでひと休みして、ふたたび湖に向けて出発した。


しばらく行ったあたりで、助手席にいた直美が、突然《とつぜん》すっとんきょうな声をあげた。

「あれ、なにっ⁉」

直美が指さす方を見ると、そこそこ急な右カーブ付近に人影《ひとかげ》が見えた。

「え？　なに？　事故⁉」

じょじょにふたりの車が近づいていく。

ヘルメットをかぶったまま、女性がひとり、たたずんでいる。

玲子《れいこ》と直美はそれが、ついさっき自分たちの車を追いぬいていった、あのバイクのふたり連れだと直感した。

「ど、どうしたの？　だいじょうぶっ!?」

声をかけた玲子《れいこ》に、女性は荒《あら》い息づかいで答えた。

「す、すみません……彼氏《かれし》が……彼氏《かれし》が、バイクといっしょに谷底に……」

「落ちたのっ!?」

玲子《れいこ》と直美、ふたり同時にいった。

「はい……どうしよう……どうしよう……彼《かれ》、死んじゃった、死んじゃった、死んじゃった」

女性は激《はげ》しく動揺《どうよう》し、錯乱《さくらん》状態に近くなっている。

携帯《けいたい》電話のない時代である。

とにかく公衆《こうしゅう》電話のあるところまで行って、一刻《いっこく》も早く救急車を呼《よ》ばなくてはならない。

直美は、その女性を落ちつかせて車に乗せようと、ドアを開けて外に降《お》りたとうとした。

「ひんやった……かえひ……ひんやった、ひんやった……え、え、え」

「あんた！　早くドア閉《し》めなさいっ！」

いち早く女性のおかしなようすに気づいた玲子《れいこ》が、大声でいった。

「ぎゃあああああああああっ!!」

玲子《れいこ》の声におどろき、とっさに女性に視線《しせん》を向けた直美がさけんだ。

ヘルメットのまえ半分がなくなり、眼球が飛びだし、下あごのなくなった〝なにか〟が、おずおずとこちらに向かって近づいてくる。

「やだああああああっ!!」

「きゃあああああああっ!!」

ふたり同時にさけぶと、玲子《れいこ》は無我夢中《むがむちゅう》で車を発進させ、そのまま湖への道を急いだ。

その街道沿《かいどうぞ》いに公衆《こうしゅう》電話はなく、湖畔《こはん》に電話ボックスがあるのを、玲子《れいこ》は知っていたのだ。

助手席の直美は、ただただ泣き続けている。


なんとか湖畔《こはん》にたどりついたふたりは、そこにあった電話ボックスへと飛びこんだ。

受話器をにぎり、緊急《きんきゅう》通報ボタンをおそうとする玲子《れいこ》の手が、ふと止まった。

「ねえ直美。さっきの女の子って……人間なのかな？　もしそうなら、あたしたちとんでもない冷たい人間……てことになるわよね？」

「なにいってるの玲子《れいこ》！　顔の半分がなかったのよ！　最初はちゃんと話せてたし、声だってふつうで、ヘルメットだってこわれてなかった。それがとちゅうから、あんな風に変わったんじゃない！」

確かに直美のいう通りだった。

ふたりが車を止め、路傍《ろぼう》にたたずむ彼女《かのじょ》に声をかけた時点では、ふつうの人間然としていたのに、数十秒後にはあんな姿《すがた》に変わっていたのだ。

「とにかく警察《けいさつ》と救急に電話して、事故のことを伝えよう」

直美にいわれ、玲子《れいこ》は通報して事故のことを告げた。

それからふたりは車に乗りこむと、きたときとは別のルートを通って、自分たちが住む街へともどっていった。

地元へもどるにはもどったが、ふたりとも先ほどの光景が頭からはなれないでいた。とても今晩《こんばん》ひとりで過ごす勇気は、おたがいになかった。

「あのね直美。お願いがあるんだけど……」

「あ、あたしも。あたしもお願いがある！」

玲子《れいこ》がすべてをいうまでもなく、ふたりの考えは一致《いっち》して、その晩《ばん》は玲子《れいこ》の家に直美が泊《と》まることになった。

マンションの駐車場《ちゅうしゃじょう》に車を止め、最上階にある玲子《れいこ》の部屋へ向かう。

「さあ上がって。いまなにか冷たいものでも入れるから。悪いけど直美、オーディオの電源《でんげん》入れて、なにか曲、かけてくれる？」

「うん、了解《りょうかい》。それにしても玲子《れいこ》、すごい数のレコードだよね」

ちょうどCDがレコードに取って代わるかという時代だったが、玲子《れいこ》はかなりのレコードコレクターだった。

直美はその中から一枚《いちまい》選ぶと、レコードプレーヤーにセットした。

1970年代のオールドロックが流れだす。

「おーしぶいとこチョイスするね。……なんか少し暑いね。窓《まど》、開けようか……」

部屋は最上階だけあり、夏でも窓《まど》を開ければ、涼《すず》しい風が通りぬける。

玲子《れいこ》が入れたアイスティーを飲みながら、ようやく人心地《ひとごこち》つく。

ふたりで、流れてくる名曲に耳をかたむけていたそのときだった。

ビッ……ビビイイイイイイイイイイッ!!

それまでなにごともなかったレコードの針《はり》が、突然《とつぜん》飛び、そのままするっと、レコードの中央まですべっていった。

いままでそんなことは一度もなかっただけに、その音におどろいたふたりはその場で固まり、レコードプレーヤーを凝視《ぎょうし》した。

「あはは、な、なんで飛んだんだろうね……」

そういいながら玲子《れいこ》が立ちあがった瞬間《しゅんかん》、今度は窓《まど》に下ろしてあるブラインドが、カサカサと鳴った。

しだいにその音は大きくなると、やがて〝バリバリバリッ〟と、ブラインドの羽根をかきわけるような音になった。

ふたりは思わずそこに視線《しせん》を向けた。

ベランダ側からこちらに向かって、バリバリと羽根を広げる手が見えた！

「ぎゃあああああっ！」

悲鳴をあげて抱《だ》きあうと、ふたりは、へなへなとその場にしゃがみこんだ。

ふたりの先で、指は少しずつ動き、確実にブラインドをこじ開けている。その指は泥《どろ》のようなもので汚《よご》れていた。

そして聞きおぼえのある声がふたりにいった。

「冷たい人たちだね……」

離《り》島《とう》のクモ

いまから三十年ほどまえ、わたしは友人の松田からこんな手紙をもらった。

「この夏、生まれ故郷《こきょう》のK島にもどり、小さいながらも海辺にペンションを開きました。しばらく会ってないし、つもる話もあるので、一度ゆっくり遊びにきませんか？部屋はこちらで用意します……」

松田は、一時期、親との折りあいが悪く、故郷《こきょう》をはなれていた。でもこの手紙を見ると、なんとか親との関係を修復して実家にもどり、商売を始めたようだった。

ペンションの開業祝いもかねて一度行ってみようと、わたしは仕事に段《だん》どりをつけると、飛行機のチケットを予約した。

松田の住むK島までは、飛行機を乗りつぎ、その後は船でわたらなければならない。決して便の良い立地とはいえないが、美しい海と、おいしい魚が最大の売りだった。

そこを舞台《ぶたい》にした映画《えいが》も作られるなど、離島《りとう》ブームの火つけ役となった島である。

わたしは松田をおどろかせようと、旅行当日、到着《とうちゃく》予定時間を知らせぬまま現地入りした。

ところがそんなわたしを、予想外のできごとが出むかえた。

「いやあ、本当に申しわけない！　おまえが来ることは伝えてあったのに、スタッフがペンションの部屋をすべて予約でうめてしまったんだ」

松田が頭をかきながらいった。

「……帰れと？」

わたしは眉《まゆ》をぴくっと上げながらいった。

「あーいやいやいや！　そうじゃない。宿はちゃんと別の場所に用意してあるから。その代わりといってはなんだけど、食事は最高のものを提供《ていきょう》する！」

松田の言葉を聞いて、わたしはてっきり他の旅館かホテルに泊《と》まるものと思っていたのだが、そうではなかった。

松田が用意してくれたのは、なんと百年近くまえに建てられた古民家。

家の周囲を広めの庭、そしてその庭の外周を石垣《いしがき》が囲んでおり、庭の地面は土というよりは砂《すな》が多く、歩くとさくさくとして実に心地《ここち》いい。

肝心《かんじん》の家はというと、なんとエアコンがない。夏場は三方向の戸を開けはなち、風を通さないことには過ごせない。

しかし、どろぼうの話など、うわさにあがったことすらなく、在宅《ざいたく》していようがいまいが、昼だろうが夜だろうが、施錠《せじょう》する必要はまったくないという。

室内の電灯は台所と居間に、小さな裸電球《はだかでんきゅう》にかさが付いた、かわいらしいものがあるだけだった。トイレは母屋《おもや》内ではなく庭のすみにあり、これもまた古式ゆかしいタイプ。

「……まじでおれは、ここで寝《ね》るのか?」

さすがのわたしも不安になって松田に聞いた。

「寝《ね》るときだけだから。あとは店にいて、遊んだり手伝ったり……」

結局、宿泊費《しゅくはくひ》、食費が松田持ちなわけは、わたしも臨時《りんじ》スタッフとして、手伝い要員のひとりであるからだとわかった。

その日の晩《ばん》はペンションをあげて、わたしを歓迎《かんげい》してくれ、歓迎会《かんげいかい》が終わってペンションを出たのは夜中の一時を回っていた。

懐中《かいちゅう》電灯を手に、覚えたての道筋《みちすじ》をたどって古民家へもどると、すぐにのべたままになっている布団《ふとん》に、ごろりと横になった。旅のつかれもあって、睡魔《すいま》はすぐにやってきた。

昼間見た青い海や、日に焼けた島の人たちのことを考えながら、すーっと眠《ねむ》りのふちへ落ちていく……。

と、そのときだった。

サクサクサクサクサク……サクサクッ……サクサクサクサク

決して大きな音ではないのだが、ある物音が気になり、わたしは目が覚めてしまった。

前述した通り、家の戸はすべて開けはなたれ、三方向から心地《ここち》いい自然の風が入ってくる。その風に乗るようにして、家の周りをなにかが歩いているような音が聞こえてくるのだ。

(な、なにが歩いてるんだ?)

そう思いながらじっと目をこらしていると、ふとしたひょうしに、黒い物体が左から右へと移動していく姿《すがた》が確認《かくにん》できた。

周囲には街灯ひとつなく、庭には月あかりが降《ふ》りそそいでいる。

そのわずかばかりの明るさの中に、家の正面で止まったそれが、はっきりとうかびあがっているのはわかるのだが、その姿《すがた》がなにであるかが判別できない。

昼間周辺を歩いたときに、あたりに猫《ねこ》たちがいるのを見ていたため、いま目のまえにいるのも猫《ねこ》にちがいないと、無理やり思いこみ眠《ねむ》ることにした。


翌朝《よくあさ》、早くから起きて浜《はま》へ出てみると、昨日、歓迎会《かんげいかい》の席にいた女性と出くわした。

「よく眠《ねむ》れましたか？」

彼女《かのじょ》にそう聞かれたので、わたしは昨晩《さくばん》見たものを、正直に話してみた。

すると彼女《かのじょ》は、至極《しごく》当然なことをいった。

「猫《ねこ》って……足音しますかね？」

それを聞いたわたしは、思わずだまりこんでしまった。

しばらく彼女《かのじょ》もだまってわたしの顔をじっと見ていたが、急にこんなことをいいだした。

「うちのオーナーなんですけどね、実は、その手の話が大きらいなんですよ。子どものころにトラウマになる事件があって、それ以降《いこう》、まったく受けつけないみたいです。だから中村さんも、彼《かれ》にはだまっておいてくださいね」

わたしは、松田の〝トラウマ〟がなんであるのか、気になってしかたなかったが、彼女《かのじょ》の助言通り、ゆうべの話は松田にはしないでおこうと決めた。

その日も前日同様、ペンションは満室でいそがしい一日を過ごし、新鮮《しんせん》な地魚の晩御飯《ばんごはん》をいただいて、夜十時ごろには古民家にもどった。

置かれてあった蚊《か》とり線香《せんこう》に火をつけ、明かりを消して布団《ふとん》に横になる。日に焼けた肩《かた》がひりひりとほてり、軽くかけた肌《はだ》がけすら、ふれるだけで痛《いた》みを感じるほどだった。

食事のあと、少しばかりいただいた酒が効いたのか、そのまますんなりと眠《ねむ》りのふちへ……と、そのときだった。

サクサクサクサクッ……サクサクッ

サクッ……サクサクサクサクサクサクサクサク……サクサクサクッ

(またあの音だ!)

はっとして、ゆうべの音と同じ音だと察知した瞬間《しゅんかん》、眠気《ねむけ》がふきとび一気に覚醒《かくせい》した。

シャワーを浴びたばかりの全身に、暑いときにかくのとはちがう汗《あせ》がふきだしてくる。

やはり昨晩《さくばん》同様、その足音は家の外周を、時計回りに歩いていた。

ときどき立ちどまり、ときに速度を上げたり下げたりしながら、確実に周回しているのだ。

砂《すな》をふむ音は、裏《うら》から左側へと回りこみ、いまはゆっくりとした歩調で、正面に到達《とうたつ》しようとしている。

(今日こそは、歩いているものの正体をつかんでやる)

わたしはそう根性《こんじょう》を決め、また昨晩《さくばん》と同じように正面で止まることがあれば、近くへ寄ってその姿《すがた》を確認《かくにん》してみようと考えた。

サクサクサクサクッ……

サクサクサクッ……サクサクッ

音が前方へ回ってきたことを確認《かくにん》し、わたしは布団《ふとん》からぬけだして、そうっと正面の縁側《えんがわ》へ近づいていこうとした。

そのとたん、昨晩《さくばん》にはなかった音が聞こえ、わたしはぎょっとした。

サクサクサク……コツコツッ……コツッ……ゴソッゴソッ

(えっ、縁側《えんがわ》に張りだした板に上ろうとしている!?)

その音を聞いて、わたしはそう直感し、体が硬直《こうちょく》した。

たったいまぬけでた布団《ふとん》に飛んでかえり、暗闇《くらやみ》に目をこらしていると、真正面のふみ石があるあたりに、何本もの長細いシルエットが見えかくれしている。

一本が数十センチはあろうかという、長く細く黒い影《かげ》。
その形から思い当たるもの……それはクモしかなかった。
それもそんじょそこらにいるようなものではない、体長一メートル以上はあろうかという、
おそろしく巨大《きょだい》なクモだ。
わたしは毛虫以外はなんでもこいという性格であるため、それがクモだろうがヘビだろうが、
正体が判明した以上は、必要以上におそれおののく必要もないと判断した。
そしてふたたび肌《はだ》がけをかけ、布団《ふとん》に横になった。
あとになって考えれば、それは常識的な判断ではなかったのだが……。
翌日《よくじつ》もその翌日《よくじつ》も、深夜になると〝クモ〟はやってきて、家の周りをサクサクと音を立てて
歩きまわり、何周かしおえると、決まって正面からそっと顔をのぞかせては帰っていく。
ほんの数日ではあるものの、一種の慣れにも似た感覚が、わたしの中にできてしまったこと
は確かだった。
そうこうするうちに日は過ぎていき、いよいよ明日は東京へもどるという日の晩《ばん》、ペンショ

ンのスタッフたちとおそくまで飲みあかした。

みんなとの別れをおしみつつ、わたしはペンションを出て、もうすっかり慣れた砂《すな》の道を歩いていた。

すると、不意に背後《はいご》に人の気配を感じて、わたしはふりかえった。

まっすぐのびた細い道。その先に見える海の上には、真円の月がうかんでいた。

その真下に、月の光を逆光にして、人がじっとたたずんでいるのが見える。

「だれ？　なにか忘《わす》れ物でもしたかな？」

わたしは店からだれかが付いてきたのかと思い、その人影《ひとかげ》に向けて声をかけた。

すると突然《とつぜん》、ゴオオオッという音とともに、海側から強烈《きょうれつ》な風がふいてきて、わたしは思わず目をつぶり、顔をそむけてしまった。

突風《とっぷう》が止《や》み、ふたたび視線《しせん》をもどしたときには、人影《ひとかげ》は忽然《こつぜん》と消えうせていた。

古民家にもどったわたしは、スーツケースに荷物をまとめ、帰る用意をしながら、ふとこんなことを考えた。

（あのクモは、よそから来たわたしに、いったいなにをいいたかったんだろう……？）

そう首を傾《かし》げながら、うす暗い台所へいき、歯をみがいて居間へもどる。

明日は早いからと、早々《そうそう》に布団《ふとん》に寝転《ねころ》がった。

そしていつも通り、わたしがうとうとしかけたころを見計らうようにして、家の周りを歩く足音が聞こえだした。

サクサクサクサクッ……サクサクサクッ
サクサク……コツコツッ……コツッ……ゴソッゴソッ

それを夢心地《ごこち》で聞きながら、（ああ、いつものように、またまえからのぞいてるんだろうな……）そう思ったときだった。

ゴツゴツゴツッ……カリカリカリッ
キチキチキチッ……キチキチキチッ！

それまでに聞いたことのない、かわいた音がした。

それに加えて、なにかが鳴くような、声とも音ともつかないものが聞こえ、わたしは思わず首だけを起こして、足の方へ視線《しせん》を向けた。

なんとそこには、いまや全身をさらけだし、わたしに向かって少しずつ近づいてこようとする、大きなクモの姿《すがた》が見てとれた！

その異様《いよう》な姿《すがた》に、さすがのわたしも飛びあがり、その場からにげだそうとしたとたん、強烈《きょうれつ》な金しばりに見まわれ、首を起こしたままのかっこうで固まってしまった。

わたしが金しばりになったと見るや、クモは一気にその距離《きょり》を縮《ちぢ》め、あっという間にわたしの足元に近づくと、そのままの勢いで顔のすぐ近くにまで上ってきたのだ！

そしてわたしは、ついにその正体を見てしまった。

それは単なる大グモなどではなかった。

本来クモの体がある部分に、やせ細った女の顔がついた妖怪《ようかい》だったのだ。

いまやわたしの顔の真上にいる女は、首をなんどもなんども左右にかしげ、閉《と》じたままになっている目を使って、まるでなにかを捜《さが》しているかのようにうごめいている。


「うわあああああああああああああっ!!」


それを目《ま》の当たりにしたわたしは、声にならない悲鳴をあげ、渾身《こんしん》の力をふりしぼって金しばりを解くと、いまなおわたしの上に乗ったままのそれを、左腕《ひだりうで》で力いっぱいふりはらった。

わたしの腕《うで》はまともにそれの体に当たり、グシィッというにぶい音とともに、それは縁側《えんがわ》の外へとふっとんでいった。

そのとき腕《うで》に感じた、なんともいえないイガイガした感触《かんしょく》と、異様《いよう》に軽いそれの重さが、いつになっても頭からはなれない。

そこからは部屋の明かりをつけ、満足な睡眠《すいみん》も取れぬまま、まんじりともせずわたしは朝をむかえた。

すべてのものをスーツケースにつめこみ、日が昇《のぼ》るのを待って、わたしは気だるい足どりのまま、ペンションへとやってきた。

まえに浜辺《はまべ》で会話を交《か》わした女性スタッフが、すでに朝の準備に追われていた。

ペンションのまえに張りだしたテラスで、タバコを吸《す》っていたわたしを見つけると、彼女《かのじょ》はコーヒーを持って近づいてきた。

わたしの表情を見てなにかを察したのか、彼女《かのじょ》は一瞬《いっしゅん》、考えたような顔をしていった。

「中村さん、あのあと大丈夫《だいじょうぶ》でしたか？　もしかして昨夜、寝《ね》てらっしゃらないのでは？」

今日でこの島を出ることもあって、わたしは、ここ一週間の間に起こったことを、すべて彼《か》女《じょ》に話すことにした。

あごに手を当て、彼女《かのじょ》は途中《とちゅう》までじっと聞いていたが、最後のくだりまできたとき……つまり、昨晩《さくばん》のできごとを聞かせたとたん、見る見る顔がこわばっていくのがわかった。

口を手でおさえると、目には涙《なみだ》までためていった。

「じゃあやっぱり、オーナーのいっていたことは本当だったんだ！」

「えっ？　松田がなんて？」

「あの古民家は、実は元々オーナーが子どものころに住んでいた実家なんです。おじいさまとおばあさまが亡《な》くなってからは、ご両親は新しい家に住んでいるのですが、『あそこにはおそろしいものがいる』と、オーナーはいうんです。なにがいるのか、以前わたしは聞いてみたのですが……『おれは幼《おさな》いころ、あの家でクモ女を見た』って……。

それからというもの、その手の話を一切《いっさい》受けつけない人間になった、そう聞いてます」

あれがいったいなんであるのか。

なにを目的に現れるのかは定かではない。

だがあの島で、いまもそれは、夜な夜な徘徊《はいかい》していることだろう。

落とさないで

いまではすっかり都市伝説として有名な話だが、改めて書きおろしてみようと思う。

すべてをひもといていくと、かなり長いものになるため、ある程度しぼりこむことにする。


いまから三十年ほどまえ、わたしの友人にある夫婦《ふうふ》がいた。

仮に夫を郁男《いくお》、妻を小枝子《さえこ》とするが、ふたりはなに不自由ない生活を送っていた。

ふたりには二歳《さい》になる娘《むすめ》がいて、特に郁男《いくお》は娘《むすめ》を溺愛《できあい》し、〝目の中に入れても痛《いた》くない〟を体現するような、よき父よき夫だった。

ところがあるときから、一家の運命が不幸へとかたむいていく。

郁男《いくお》は少しまえから、おかしなせきをするようになった。

タバコを吸《す》いすぎるわけでもなく、かぜをひいているわけでもない。それでもせきが治《おさ》まることはなく、とうとう仕事中に喀血《かっけつ》してしまう。

すぐに救急車で搬送《はんそう》され、そのまま入院することになった。

診断《しんだん》の結果は、末期の肺《はい》ガン。

それまでの幸福な生活を思えば、突如《とつじょ》として投げつけられたような残酷《ざんこく》な結果だった。

すぐに病院に呼《よ》ばれた小枝子《さえこ》と両親に、郁男《いくお》の余命がわずか三か月であることが告げられた。

まだ若《わか》い郁男《いくお》の病気の進行は速く、なんの〝したく〟もできないまま、ついにその日は訪《おとず》れてしまった。


郁男《いくお》が逝《い》って一年後。

小枝子《さえこ》は三歳《さい》になった娘《むすめ》を伴《ともな》い、東京を出て生まれ故郷《こきょう》の北海道・旭川《あさひかわ》へ帰る決心をする。

実家が営んでいる水産加工業の業績が著《いちじる》しく上がっており、いそがしい家業を手伝いながら、生まれ故郷《こきょう》で娘《むすめ》とふたり、一から出直そうと考えたのだった。

まだ日常的に飛行機を使う時代ではなく、夫の治療《ちりょう》で家計に余裕《よゆう》があるともいえず、小枝子《さえこ》は考え抜《ぬ》いたすえ、夜行列車で青森まで行き、そこから青函連絡船《せいかんれんらくせん》で函館《はこだて》へわたることにした。

そこから旭川《あさひかわ》へは、また列車に乗りつぎ、なん時間もゆられなくてはならない。幼《おさな》い娘《むすめ》にとっては過酷《かこく》な旅になりそうだった。

中でも大変なのが青函連絡船《せいかんれんらくせん》である。

民営になったいまでは、豪華《ごうか》客船のような最新フェリーが就航《しゅうこう》しているが、国鉄が運営していた当時は、決して快適な船旅ではなかった。

うす暗い電灯に照らしだされた船室は非常にせまく、おまけに長距離《ちょうきょり》運転につかれはてたトラックの運転手たちでごったがえしている。

娘《むすめ》がその雰囲気《ふんいき》になじめるはずもなく、なんとなく「お外が見たい」とだだをこねる。

外は悪天候だったが、寝《ね》ている他《ほか》の船客たちに気をつかい、小枝子《さえこ》はデッキに出た。

「下が見たい！　海が見たい！」

そうなんども哀願《あいがん》する娘《むすめ》の小さな体を抱《だ》きかかえて、小枝子《さえこ》はおそるおそる海側へ身を乗りだした。そのとき、強風にあおられた船体が大きくゆれ、運の悪いことに親子がいる側へと激《はげ》しくかたむいた。

「おかあさーん！」

小さなさけび声は、あっという間に真っ暗な北の海に吸《す》いこまれ、娘《むすめ》の姿《すがた》はまたたく間に波間に消えてしまった。

ひとりのトラック運転手が事態に気づき、すぐに船員を呼《よ》んだが、深夜、悪天候の中での捜《そう》索《さく》は不可能だった。

最愛の夫に先立たれ、今度は愛娘《まなむすめ》までもが、自分の手からはなれていった。

くる日もくる日も悲しみに暮《く》れ、小枝子《さえこ》はなんども愛するふたりのあとを追おうとしたが、ことごとく失敗に終わってしまう。

それから十年の月日が流れた。

悲しい過去を抱《いだ》きつつも、小枝子《さえこ》は新たな人生の伴侶《はんりょ》となる祥一《しょういち》と出会い再婚《さいこん》。そしてふたりは、新しい命を授《さず》かる。

玉のような男の子で、祥太郎《しょうたろう》と名づけられた。

祥太郎《しょうたろう》はなに不自由なくすくすくと成長し、四歳《さい》の誕生日《たんじょうび》をむかえた。

数日後、祥一《しょういち》に東京本社への辞令が出た。

小枝子《さえこ》にとって東京は、郁男《いくお》を失ったつらい思い出の地だったが、祥一《しょういち》の栄転にはまったく関係のないこと。

（いつまでも悲しんではいられない。わたしには新たな家族がいるんだから！）

小枝子《さえこ》は、そうみずからを奮《ふる》いたたせ、家族そろって東京へ行くことを決めた。


家財道具などは、先に業者が東京へ運びおえた。

車の搬送《はんそう》も業者にたのむと、大変な金額がかかる。すでに引っこし代はかさんでおり、小枝《さえ》子《こ》は気が進まなかったが、結局、一家は車で東京まで行くことに決めた。

本州に到着《とうちゃく》したあとの東京への便を考え、船上で過ごす時間は長くなるものの、小樽《おたる》から新《にい》潟《がた》までの大型フェリーを使うことにした。

小樽《おたる》－新潟《にいがた》便の船内は大変広く、レストランやバー、ゲームセンターや映画《えいが》館まで完備されていて、ちょっとした豪華《ごうか》客船のようだった。

ところが、小樽《おたる》港を出航して間もなく、いままで船内を嬉《うれ》しそうに走りまわっていた祥太郎《しょうたろう》のようすがおかしい。

「どうかしたの？」

小枝子《さえこ》が聞いた。

「あのね、祥《しょう》ちゃん、なんか気持ち悪いよぉ」

「そんなにゆれてないのにねえ。だいじょうぶ？」

心配そうに顔をのぞきこむ小枝子《さえこ》に向かって、祥太郎《しょうたろう》がいった。

「お外が見たい！」

小枝子《さえこ》の心に、あのいまわしい記憶《きおく》が鮮明《せんめい》によみがえる。

「だめっ！　お外はだめよ!!」

「いやだ！　出たい出たい出たいっ!!」

泣きさけぶ祥太郎《しょうたろう》の手を、鬼《おに》の形相でつかんでいる小枝子《さえこ》の肩《かた》を、祥一《しょういち》がぽんぽんと、軽くたたいた。

「小枝子《さえこ》。きみの過去につらいことがあったことはわかるよ。でもそれと、いまを結び付けてしまうのはどうだろう」

「……」

「だいじょうぶ！　おれが付いてるんだから。すべてをふりきるチャンスだと思って！」

なにも答えられないでいる小枝子《さえこ》を残して、祥一《しょういち》はぐずる息子《むすこ》を抱《だ》きあげると、なだめながらデッキへ通じるドアを開けようとしている。

「ま、待って！　……行く、わたしも行くから！」

そういって、小枝子《さえこ》がふたりにかけよったときだった。

祥一《しょういち》の肩《かた》ごしに、顔だけ小枝子《さえこ》の方にのぞかせた祥太郎《しょうたろう》がつぶやいた。

「お母さん……もう落とさないでね」

語る車

「車の中から人の声がする！」

わたしの古くからの友人である、Tが電話してきてそういった。

突然《とつぜん》の話に面くらったが、車＋怪異《かいい》の話に興味をそそられ、くわしく聞いてみることにした。

根っからの車好き、特に昭和時代の古い車が大好きなT。

最近、その趣味《しゅみ》が高じてみずから小さなショップを立ちあげ、その手の古い車を手直しして は店頭に並《なら》べている。一台売れるとまた仕入れてきて、直して売る。そんな商売を展開《てんかい》してい るものの、利益は少ない。

「おまえから教えられた通り、ここ最近は、郊外《こうがい》の農家なんかを回って、そこの納屋《なや》に放置されている古い車を買いあさってたんだ。

先日、栃木《とちぎ》県の農家から、長年放置されてた、1971年製のあるクーペを買ったんだよ。

そんな古い車なのに、走行距離《きょり》が1600キロしか行ってなくてな。

これからいろいろ直して売っちまおうと考えてたんだが、状態が思ったよりいいもんだから、ある程度直して自分で乗ることに決めたんだ」

Tは一気に話しはじめた。


「そう決めた直後のことだ。

知っての通り、こうした長年放置されている旧車は、さびなどが回って悪くなった所が随所《ずいしょ》に見られる。

まずは車内から直していこうと思って、シートをすべてはずし、フロアマットをはがしはじめたんだ。

そうしたら、がらんどうになったせまい車内で、突然《とつぜん》うしろから聞こえたんだよ。

『おめえの嫁《よめ》さん、きれいだなぁ』って……」

「……ちょっといいか？」

わたしはTの言葉にあきれて、口をはさんだ。

「なんだ？」

「おまえの嫁《よめ》さんがきれいなのは、おれだってよく知ってる。まさかおまえ、いまさら嫁《よめ》の自慢《じまん》をするために電話してきたんじゃないだろうな？」

じょうだんめかしていってみたが、Tは存外《ぞんがい》、まじめに相談しているようだ。

「なんだよっ！　おれは真剣《しんけん》に困《こま》って相談してるんだぞ！

話しかけられたのは、そのときだけじゃないんだ。

ガレージにその車を格納《かくのう》して、シャッターを下ろそうと思ったら、いきなり車内からドンドンドンと大きな音がした。

おどろいて内部を確認《かくにん》してみたんだが、もちろんそこにはなにもないし、だれもいない。おれのかんちがいだったかと思ってドアを閉《し》めようとしたとたん、車の中から『おまえ……マッチ持ってるか？』ときた。

『マッチ』だぞ『マッチ』！　この時代に、マッチなんか使ってるやつがいるかっての！」

「……そこじゃねえだろ、論点《ろんてん》は」

Tがまじめにいえばいうほどおかしく、ついちがうところにつっこんでしまう。

聞こえたのはいずれも男の声で、イントネーションには明確な栃木《とちぎ》なまりがあったと、Tは続けた。どうやら同じ人物が、話しているらしい。

聞けば聞くほどわたしは興味をそそられ、ぜひその車を見てみたい衝動《しょうどう》にかられた。

するとTが、これからその車で我《わ》が家に向かうというので、かんたんに部屋を片付《かたづ》けて待つことにした。

Tに話しかける男の話に終始してしまい、肝心《かんじん》の車がどんな色で、どんな状態なのかくわしく聞くタイミングをのがしてしまった。

まあ、どうせこれからその車でくるというし、Tが到着《とうちゃく》するまで、まだ少し時間がある。

わたしは自分の用をこなしてしまおうと、書きかけの原稿《げんこう》を仕上げるために、パソコンを開いた。

ところがパソコンを開いたとたん、ものすごい眠気《ねむけ》がおそってきた。

前日しっかり睡眠《すいみん》をとり、決して寝不足《ねぶそく》だったわけでもないのに、すぐにまぶたが下がり、顔をなんどもキーボードに打ちつけそうになる。

濃《こ》いめのコーヒーをいれ、仕事を続けようとするのだが、どうにもおそいくる眠気《ねむけ》に勝つことができない。

(ああだめだ。なんともだめだ。少しソファで横になろう……)

そう思って、ソファにごろりと寝転《ねころ》がり、目をつぶる。

ところが、ほんのなん分もしないうちに、今度は突然《とつぜん》、金しばりにおそわれた。

そのとき、同時にわたしが感じたもうひとつの異変《いへん》がある。

それは、部屋中に立ちこめる〝におい〟だ。

ガソリンの持つ独特の臭気《しゅうき》……。それが鼻のおくにある嗅覚《きゅうかく》に、直接がつんと届《とど》いてくる感覚だった。

(な、なんで家の中でこんなにおいが……。待てよ……これはガソリンというより、排気《はいき》……そうだ！　これはまちがいなく、排気《はいき》ガスのにおいだ！)

最近の車は、公害対策《たいさく》のため、さまざまなアイデアと機能で、排気《はいき》ガスのにおいはおさえられ、有害性も減少している。

でも1960年代以前に生産された、いわゆる〝旧車〟ともなると、一酸化炭素や窒素《ちっそ》酸化物・炭化水素などの有害物質をふくんだガスを大量に排出《はいしゅつ》する。その〝公害の素《もと》〟が実にくさいのだ。

（まったく身動きできない状態で、このにおいがしてくるってのは、まずいだろ！）

とっさにわたしはそう思い、なんとかその金しばりをふりほどこうとしたが、なにをどうしても体の自由がもどらない。

あくせくしながら金しばりと格闘《かくとう》していると、今度は不意に、頭の中に小さな映像《えいぞう》がうかんできた。

ドラマなどでよくありがちな回想シーンのような雰囲気《ふんいき》で、わたしは、そこに神経を集中した。そうしていると、じわじわとその映像《えいぞう》自体のサイズが大きくなってくる。

（な、なんだ？　今度はおれに、なにを見せようってんだ？）

たとえ見たくなくても、頭の中にうかんでくる映像《えいぞう》なので、目をそらすことはできないのだ。

映《うつ》しだされたのは、うっそうとしげる雑木林をつらぬく一本の林道だった。

その荒《あ》れた道を、一台の車が走っている。車はオレンジ色のクーペ。

やがてその車はくぼ地に停車すると、中から男がひとり降《お》りてきた。

ひどく落ちこんだようすで、車の周りをうろうろと歩きまわり、やたらとタバコをふかしている。

そのうち、はたと男は歩くのをやめた。

しばらく車のまえでたたずんだあと、まるでなにかを決意したようにうなずき、今度は車のうしろへ回りこんだ。

男はかぎを使ってトランクを開け、中からなにか黒く細長いものを取りだすと、それを車のマフラーにつないだ。

その〝なにか〟がゴムホースであることは、わたしはすぐにわかった。

男は接合部をなんども確認《かくにん》し、すきまをガムテープでぐるぐる巻《ま》きにしたあと、今度はホースの先を助手席側の窓《まど》から車内へ差しこみ、窓《まど》のすきまをテープでたんねんにうめている。

すべての作業が終わると、男は周囲をなんども見回し、運転席のドアを開けてシートにゆっくりと腰《こし》を下ろした。

しばらくはそのまま、ぼーっとなにかを考えているようだったが、急になにかを思いたったように、ハンドルの上の部分を両手でつかむと、激《はげ》しく前後にゆらしはじめた。

男は、激《はげ》しく泣いていた。

そして心を決めたのか、開いたままになっていたドアを閉《し》めると、ゆっくりとエンジンキーを回した。

次の瞬間《しゅんかん》、わたしの頭の中に男の声がひびいてきた。

「なんどもなんども！　なんどもなんどもなんどもなんども、がんばったんだ！」

男の声と同時に、次々と映像《えいぞう》が見えてきた。

男が必死にだれかに頭を下げて回っている。相手はひとりやふたりじゃない。さまざまな相手、さまざまな場所で男は頭を下げつづけている。

場面が変わり、男の家。妻と思われる女性が、子どもを連れて家を出ていく。

ひとり残った男は、コップ酒をあおっていた。

……と、ここでようやくわたしは金しばりから解放された。


ピンポーン！


まるで合わせたようなタイミングで、インターホンが鳴った。

まだ残る眠気《ねむけ》を抱《かか》えたまま外に出てみると、玄関《げんかん》のまえにTが立っていた。

「意外と道が空《す》いててな。なんだ？　寝《ね》てたのか？」

「ほっとけ。それより車は？」

「門のまえに置いた。見てくれ」

そういわれてTのあとに続き、門を出る。

そこに止まっていたのは、見覚えのあるオレンジ色のクーペだった。

人は生きていれば、かならずいつかは苦難《くなん》にぶちあたる。それが多い人もいれば、少ない人もいるだろう。

だが、そのつらい時期は、決して永遠ではない。

たとえばつらいとき、たとえば悲しいとき。肩《かた》をたたいてはげましてくれる仲間や友だち、恋人《こいびと》。そうした存在《そんざい》が苦難《くなん》を乗りこえる力をくれる。

たったひとことで、救われる命もあるのだ。

神戸《こうべ》のホテル

いまから四、五年まえの春、わたしは神戸《こうべ》の北野で講演の予定があり、共演者のA、友人の○と共に、神戸《こうべ》市内にあるホテルに一泊《いっぱく》した。

このホテルを探《さが》してくれたのは、地方講演の際、協力してくださっている沢村《さわむら》さんという女性だった。

神戸《こうべ》に到着《とうちゃく》するとすぐに、わたしたちはホテルへと向かった。

さっそくフロントでチェックインする。

ところがどういうわけか、わたしの部屋だけが、同行したふたりとちがう階になっている。

「なにかと不便なので、できれば同じ並《なら》びがいいんだが……」

そうたのんでみたが、その日はあいにく観光客の多い金曜日。部屋の変更《へんこう》は難《むずか》しいという。

「まぁしかたがないか……」

部屋の変更《へんこう》をあきらめ、いったんそれぞれの部屋に収《おさ》まり、食事の時間にふたたび集まろうということになった。


かぎをもらって、指定された部屋へと向かう。

かぎを開け、一歩、部屋の中へ入ったとたんだった。

むっとした湿気《しっけ》に続けて、異様《いよう》なまでのカビくささが鼻をついてくる。

しかも部屋の内部は、これでもかというほどせまく、持ってきたスーツケースを開くスペースすらない。

「まいったねこりゃ……。いくらなんでもこれじゃ、使い勝手が悪すぎる」

そのあまりの湿気《しっけ》がたまらず、わたしはすかさず置いてあったエアコンのリモコンを取った。

〝除湿《じょしつ》〟のボタンをおす。

ところがエアコンが作動したとたん、吹《ふ》きだし口から、ボタボタボタッと大量の水が落ちてきた。

「おいおい、じょうだんじゃねえな、こんな部屋！」

わたしは携帯《けいたい》を手に取ると、部屋をおさえてくださった沢村《さわむら》さんに、到着連絡《とうちゃくれんらく》をかねて電話をかけた。

「もしもし、中村ですが。いま部屋に入りました」

「ああ、どないです、ホテルのようすは？」

「それがですね……」

沢村《さわむら》さんのせいではなかったが、わたしの部屋だけがみんなとはなれていること、その部屋があまりにひどすぎることなどを、切々とうったえた。

「これはあまりにひどいですよ……」

と、わたしがいった瞬間《しゅんかん》だった。

「うんうんうんうん」

このせまい部屋の中で、それもわたしのすぐ至近距離《しきんきょり》から、女性のあいづちが聞こえてきたのだ。

「あれ中村さん、もしかして、今回は女性が御同伴《ごどうはん》ですか？」

その声は、電話の先の沢村《さわむら》さんにも聞こえたようだった。

「そんなはずはないでしょ！」

わたしがそういうと、沢村《さわむら》さんはあわてて答えた。

「す、すぐにホテル側へ問いあわせます。わたしは確かに、『三人並《なら》んだ部屋で』と伝えてありますから、おそらくなにかのまちがいやと思います。

すぐに折りかえしますので、ちょっとそこでお待ちください」

そういって、沢村《さわむら》さんは電話を切った。

ほんの一分もたたないうちに、沢村《さわむら》さんは電話を折りかえしてきた。

「フロントへ行ってください。別の部屋を用意してくださいましたので」

わたしは解きかけた荷物を再度スーツケースへ収《おさ》め、エレベーターに乗って一階のフロントへと向かった。

フロントで今度は、他《ほか》のふたりと同じ、四階の部屋のかぎをわたされた。

（今度はみんなと同じ階か……）

そう安堵《あんど》しながら、わたしはエレベーターで四階に向かった。

部屋番号を確認《かくにん》しながらろうかをたどると、指定された部屋はいちばんおく。

その部屋は、AとOの部屋のとなりだった。

(ここが空いてるなら、なんで最初から入れてくれなかったのかな?)

疑問《ぎもん》に感じつつも、当日キャンセルかなにかが出て、たまたま空いたのだろうくらいに、そのときは考えていた。


部屋の内側へおしいれる形のドアを開けると、目のまえにいきなり、大きなベッドが鎮座《ちんざ》している。あまり見たことのない、めずらしい造りになっていた。

とにかくいまは、旅のあせを流したい。

そう思ったわたしは、荷物から着がえを出すと、バスルームに足をふみいれた。

ところが、部屋の造りはそこそこ大きいのに、今度は、このバスルームのサイズがあまりにも小さすぎる。

しかも設備の配置がめちゃくちゃで、バスタブに入りカーテンをひくと、お湯と水の出てくるカランが、カーテンの外になるのだ。

「なんだよこれ？　お湯を出すのに、いちいちカーテン開けなきゃならないのか？」

度重《たびかさ》なるホテルの不手際《ふてぎわ》に、わたしは正直いらいらしていた。

しかも、水とお湯とのバランスがなかなか安定せず、熱くなったり冷たくなったりで、ゆっくりシャワーを浴びることもできない。

しかたなく、ちょうどいい湯加減になったところで、シャワーを出しっぱなしにしたまま、髪《かみ》を洗《あら》っていた。

すると、突然《とつぜん》、また湯が冷たくなった。わたしは、ふたたび温かくなるのを、じっとたえて待っていた。

ところが、待てどくらせど、なかなか温かくならない。

それどころか、どんどん水温は低下し、いまや完全な冷水になっている。

「まったく！」

そういいながらカーテンを開けると、わたしは、お湯と水との調節を確認《かくにん》しようとした。

「あ、あれ？　なんで？」

ここのカランは、お湯と水のハンドルがついていて、両方を少しずつひねりながら、適温に調節するタイプ。

わたしはお湯と水のハンドルを、先ほど確実に両方ともひねり、微妙《びみょう》に調節しながら、絶妙《ぜつみょう》な湯加減にしたのだ。

ところが、いま、お湯の方のハンドルが完全に閉《し》まっている。

それもかなり固く閉《し》められており、相当の力を入れなければ、ふたたびひねることができないほどだった。

それはすなわち、カーテンのむこうにあるハンドルを、だれかが閉《し》めた……としか考えられないことだった。

とたんにうすら寒くなったわたしは、しかたなく水で手早く頭を洗《あら》うと、早々にバスルームから脱出《だっしゅつ》した。

着がえをすませたわたしは、食事に向かうため、となりの部屋にいるはずのAを訪《たず》ねた。

「ちょっと早いけどさ、ご飯食べに……」

そういいながら、なにげなくAの部屋の床《ゆか》に目をやった。

一面にカーペットがしかれている。

「なんです?」

わたしの顔を見て、Aがたずねた。

「いや……床《ゆか》がさ」

「床《ゆか》? 床《ゆか》がどうかしましたか?」

どうかしたどころではない。

わたしのいる部屋の床《ゆか》は、プラスチックのPタイルがむきだしなのだ。

わたしはすぐさま、○が泊《と》まっている部屋のドアをノックした。

ドアが開いたとたん、なにもいわずに床《ゆか》を見た。

その部屋の床《ゆか》も、やはりカーペットがしきつめられている。

おどろくふたりを連れて、わたしは自分の部屋の床面《ゆかめん》を見てもらった。

「これ……元々あったカーペットを、はがしたんですね」

そういう○の意見に、わたしも賛成だった。

おそらくこの部屋にも、元々は同じカーペットがしいてあったのだろう。

それをなにかの理由で、すべてはがしてしまったのだ。

しいてあったカーペットを、わざわざはがさなければならない理由……。

わたしが考えをめぐらせていると、〇が口を開いた。

「実はですね中村さん、ぼく、ちょっとこのホテルのことを調べてみたんです」

「調べた？　なんで？」

「感じませんか？　この館内にただよう、なんともいえない雰囲気《ふんいき》……」

返す言葉がないほど、わたしも入ったときから同様に感じていた。

「するとですね、少々気になることが浮上《ふじょう》したんです」

「気になること……？」

「このホテルの立地って、決して悪くはない。すぐ近くには中華街《ちゅうかがい》、ましてやここは繁華街《はんかがい》で、観光客も多いはずです。

であるにもかかわらず、このホテル、数年まえに経営が変わってるんですよ」

〇はいかにも〝ワケあり〟というように、声を低くしていった。

「……ということは、これほどの中心街にありながら、経営が立ちゆかなくなるほどのなにかがあったってことか……」

わたしがいうと、Oは大きくうなずいた。

ホテルというのは経営が変わると、なにかしらリニューアルして営業を再開することが多い。ところがこのホテルは、部屋もバスルームも、なにか刷新したように見えるところはまったくなかった。


そのまま外に食事に出たわたしたちは、中華街《ちゅうかがい》の中を少し散策《さんさく》し、ホテルにもどるところだった。

「あの～まだ食べられるので、どこか行きませんか?」

いま食事してきたばかりだというのに、Aがおどろくようなことをいいだした。

「い、い、いま、あんなに食べたやないかいっ!」

わたしはすかさずつっこんでみたが、結局、OとAは連れだって、神戸《こうべ》の繁華街《はんかがい》へと消えていった。

ひとりホテルへと帰ったわたしは、自室にもどるなりいささか眠気《ねむけ》が差しだし、ごろりとベッドに横たわった。

どれくらい時間がたっただろうか。

Aが泊《と》まっている部屋側のかべから、異様《いよう》に大きな騒音《そうおん》がひびきだし、思わずわたしは飛びおきた。

ズリズリズリ……ゴロゴロゴロ……ズリズリズリ……ゴロゴロゴロ

なにかを引きずるかのような擦過音《さっかおん》。そしてかたい床《ゆか》の上で重い玉を転がすような音。

そんな異音《いおん》が、絶え間なく聞こえてくる。

(あの男は、部屋でなにをやっとるんだ?)

わたしはAに電話をかけてみた。

「はいはい、もしもし~」

「ズリズリゴロゴロと、なにをやっとるんだね、きみは？」

「なんのことでしょう？」

「なんのことでしょうじゃないよ、さっきからすごくひびいて、おちおち寝《ね》てられんぞ」

「……」

Aはだまっている。

「いやあのな、部屋の中でなにをしとるんだと……」

「ぼくたち、まだ外にいますよ……」

ではいまもなお鳴りつづける、この音の正体は……？

（もしかして部屋を空けている間に、だれかが入りこんだ？）

電話を切るとすぐ、わたしはろうかへ出て、となりの部屋を確認《かくにん》した。

だが不思議なことに、Aの部屋のドアに耳をつけてみても、先ほどから聞こえている異音《いおん》のたぐいは、まったくもって確認《かくにん》できなかった。

翌日《よくじつ》の講演はたいへんな盛況《せいきょう》だった。

終演後に軽い打ちあげをすませると、わたしたちはそれぞれの部屋へともどった。

わたしはシャワーを浴び、着がえをすませると、翌朝《よくあさ》の早い出発に備え、早々に床《とこ》につくことにした。

ベッドにもぐりこんで、しばらくしたときだ。

ドシドシッ……ドシドシッ

足元の方、つまり入り口のドアのあたりから、なにか重い感じの音がすることに気づいた。

ドシドシッ……ドシドシッ

「はい。……だれ？」

ベッドの上に半身を起こし、入り口を見すえたまま、わたしは声をかけた。

ドシドシッ……ドシドシッ

その音は、ドアの下のあたりから鳴っていることに気づき、わたしはすーっと目線を下へ移動していった。

「ん？」

ドアの下にはわずか2センチほどのすきまがあり、そこからろうかの明かりがもれている。ところがそのすきまに、ふたつの黒っぽいなにかがあるため、その部分だけが影《かげ》になって見えるのだ。

わたしはそれがなにかを確認《かくにん》しようと、ベッドの上をそっと移動し、近くに寄って目をこらした。

そこにあったふたつの黒い影《かげ》……それは、人のつま先に他《ほか》ならなかった。

そこでわたしは理解した。

先ほどから鳴っているこの重い音……これは、なに者かがドアの間近に立ち、ひざでドアを打っているのだ。

（こんな夜中に、どこのアホがこんないたずらを！）

ふつふつといかりがわきあがり、わたしは思わず声を荒《あら》らげてどなった。

「だれだ!?　なにやってるんだ、そこで！」

そのとたん、ドアの表面が一瞬《いっしゅん》、むーっとはれあがったように見えた。

その直後だった。


ゴリゴリゴリゴリゴリゴリゴリッ!!


まるで木刀かなにかで、ドアの表面を上から下へ、力いっぱいこすっているような音がひびいた。

そして次の瞬間《しゅんかん》、下から見えていたふたつの影《かげ》が、ひとつのかたまりへと変わった。

おそるおそるそれを確認《かくにん》したわたしは、思わずのけぞり、枕《まくら》の方まで飛びのいた！

そこから見えていたのは、なんと人の目。

それも目がふたつ、横並《よこなら》びになっている。

現実的に考えて、ろうかの床《ゆか》をくりぬいて顔でも出さないかぎり、そんなふうにのぞくことは絶対にありえない。

しいていえば……生きている人間には、とうてい不可能な所業だ。

そのホテルが、わたしの中のブラックリストにのったことは、いうまでもない。

屋上にいる

これも三十年以上まえ、まだ昭和の時代の話だ。

当時、職業DJだったわたしは、ダンスミュージックのリミックスをよく手がけていた。

そのミキシング作業は、通常、自宅《じたく》でしていたのだが、ときおり、環境《かんきょう》と気分を変えようと、友人が営む音楽スタジオを使うことがあった。

友人のスタジオは、マンションの一室を使用していたが完全防音で、個人ではとうてい買うことのできない高価な機材がそろっていた。しかも、空いている日であれば時間は無制限に使える。

そんな好条件はなかなかないため、わたしは、しばしば利用させてもらっていた。

その日も予約を取りつけ、約束の夜八時にわたしはスタジオへと向かった。

ところが、なんどインターホンを鳴らしても応答がない。

実はこの友人の唯一《ゆいいつ》の悪いくせが、時間に大変ルーズなことだった。

「まったくもう、またかよ～」

そうつぶやきながら、しばらくドアのまえで待ってみるが、一向に帰ってくる気配がない。

ビルの一階は喫茶《きっさ》店だったが、あいにくその日は定休日らしく、店内の明かりが消えていたのを、入ってくるときに確認《かくにん》していた。

(まいったなぁ。屋上でも行って、タバコ吸《す》ってくるか……)

わたしがきたことがわかるようにと、肩《かた》からさげていた、機材の入ったバッグをドアノブに引っかけ、わたしは屋上を目指すことにした。

スタジオにしていた部屋は、建物八階のいちばんおくにある。

エレベーターまで歩くことを考えると、すぐ近くにある非常階段《かいだん》を使う方が楽だった。

わたしは、固く閉《と》ざされた非常階段《かいだん》へ続く鉄扉《てっぴ》を開けた。

(うわっと……真っ暗だなこりゃ)

その非常階段《かいだん》は、明かりのたぐいが、なにひとつ点灯していなかった。

建物は十階建て。二フロア分上がれば屋上に着く。

そうたかをくくり、手すりを道案内にしながら、わたしは階段《かいだん》を上りはじめた。

目のまえになにがあっても判別不能な真っ暗闇《くらやみ》の空間に、なんだか消毒液のようなにおいがただよっている。

一歩一歩、階段《かいだん》を上がり、最初のおどり場にたどりついた。と、そのとき！


ガコーン……


はるか下の階層《かいそう》の鉄扉《てっぴ》が開閉《かいへい》したような、そんな音が耳に届《とど》いた。

だが、わたしが本当におどろいたのはここからだった。


カンコンカンコンカンコンカンコン……カッカッカッカッカッカッカッ

この真っ暗な階段《かいだん》を、なに者かが急ぎ足でかけあがってくる！

（え！　え！　え！　な、なんでこんな闇《やみ》の中を走れるんだ！）
いまや階段《かいだん》全体にひびきわたるその足音は、みるみるうちにわたしのいる場所へと近づいてくる。

カツンカツンカツンカツンカツンカツンカツンッ！

その歩調や足取りを聞くかぎり、それが女性であると確信した。
身じろぎもせず、わたしはその場に立ちつくしていた。

カツッコツッカツッコツッカツッコツッ！

足音は、そのままの勢いでわたしに近づくと、ためらうことなくすぐ横を通りすぎ、そのまま上へ上っていった。
わたしはしばらくの間、立ちどまって、足音の主がどこへ向かうのか、耳をすましていた。

ところがだ。

その足音が、確かに上へ上っていった……というあたりまでは確認《かくにん》したが、そのあとのドアを開閉《かいへい》する音が聞こえてこない。

ということは、音の主は非常階段《かいだん》のどこかに、じっと身をひそめていると思わざるをえなかった。

これは怖《こわ》い。これはおそろしい。

真っ暗な階段《かいだん》をかけあがることのできる、得体の知れないなにかが、もしかするとすぐ近くにひそんでいるかもしれないのだ。

右ななめ上に視線《しせん》をやると、九階のとびらのすきまから、わずかにろうかの明かりがもれだしているのが見えた。

(一刻《いっこく》も早くこの場からにげだしたい!)

その一心から、わたしは九階のとびらを目指して、足早にかけあがった。

屋上を目指そうと思いたって、ほんの数分のできごとである。

その間に友人がもどっているとは思えない。

結局、わたしは九階からエレベーターを使って、屋上へ行こうと思いなおした。

たったいま、これだけ気味の悪い体験をしていながら、それでもなお屋上へ行こうなどと、いまのわたしなら絶対に考えないことだ。

エレベーターで最上階に着いたわたしは、外へ続くガラスとびらを開けて、屋上へとふみだした。

やはりそこにも照明はいっさいなく、そのビルより高い建物も近くになくて、周囲から屋上へ届《とど》く人工的な明かりは、なにひとつなかった。

昼から続く曇天《どんてん》がそのまま夜を呼《よ》び、本来、その日、照らすはずの満月に近い月明かりも、まったく期待できる状態ではなかった。

(まあいいや。タバコを一、二本吸《す》って、あとは一階のエントランスで待とう)

そう思いながら、わたしは建物の東側へと歩を進めた。

屋上の外周部分には、高いネットのフェンスが張りめぐらされている。フェンスの上の方は、内側に反りかえる、いわゆる〝忍《しの》びがえし〟になっていた。

ポケットからタバコを取りだし、ライターで火をつける。

「あっ……」

そのとたん、唐突《とうとつ》にある記憶《きおく》がよみがえった。

数か月まえ、このビルでいまわしい事件が起きていたことを、いまさらながら、思いだしてしまったのだ。

ある女性が、このビルの屋上から飛びおりて即死《そくし》した。

女性の生きてきた背景《はいけい》が取りざたされ、テレビ番組や写真週刊誌《しゅうかんし》などでも取りあげられた事件だった。

(すっかり忘《わす》れてた……早いとこ、もどった方がよさそうだな)

そう思った瞬間《しゅんかん》だった。

ガチャ……キィィィ……ガチャッ

屋上へ出るためのガラスとびらが開き、そして閉《し》まる音がした。

それに続いて聞こえてきたのは、コツッコツッコツッというハイヒールのくつ音。

その音は、まっすぐにわたしのいる方へ近づいてくる。

わたしはその人物を確認《かくにん》しようと目をこらすが、闇夜《やみよ》にうかびあがるのは真っ黒なシルエットだけで、どうしても見ることができないのだ。

その人は、わたしにほど近いところまでやってくると、はたと立ちどまった。

「ライター……貸してくれない？」

すきとおった高めの声で、そうわたしに話しかけてきた。

わたしはそういいながら、ポケットからライターを取りだし、彼女《かのじょ》に手わたした。

「ああ、はい……どうぞ」

ジッジジッ……

昔ながらの回転式ライターの音だけが、夜のしじまにひびく。

彼女《かのじょ》の手元でパッパッと、まるで小さなストロボがたかれたように、ライターが灯《とも》り、彼女《かのじょ》の口元を照らした。

一瞬《いっしゅん》そこにうかびあがった女性の顔は、美しくわたしの目に映《うつ》りこんだ。

「すみません。ありがとう」

そういって彼女《かのじょ》はわたしにライターを返すと、なにを話すでもなく、じっとそこにつったったまま、タバコをふかしていた。

彼女《かのじょ》がタバコを吸《す》いこむと、すうっと火が明るくなる。続いて彼女《かのじょ》がふーっとけむりをはきだす。

沈黙《ちんもく》の中のそのくりかえしに、わたしはこんなことを思ってしまった。

（なにか……なにか話さねば！）

十分な思考のないままの思いは、つい、わたしにこんなことを口走らせた。

「ここって、この間ニュースに出てましたよね。飛びおり事件で……」

自分でいっておきながら、〝なにをいってるんだおれは！〟と、もうひとりの自分が自分をしかりつけていた。

ところが女性は、おどろくようすも見せず、こう返してきた。

「そうね。初めてじゃないみたいだけど」

そういうなり、彼女《かのじょ》のタバコの火が、すっと下がるのが見えた。

わたしはその場を取りつくろおうと、努めて明るい口調で返した。

「そうなんだね。それにしても、こんな高いフェンスがあるのに、いったいどうやって……」

わたしがいいおわらないうちに、すーっと彼女《かのじょ》のタバコの火が動いた。

「……そこよ」

どうやら彼女《かのじょ》は、タバコを持った手で、なにかを指ししめしているようだ。

タバコの火は、わたしの背後《はいご》を指していた。

思わずわたしがふりむくと、彼女《かのじょ》の声はこう続けた。

「みんな……そこから飛ぶのよ」

彼女《かのじょ》のいう〝そこ〟を、わたしはすぐに見つけることができた。

わたしのすぐうしろに位置するフェンスに、人がひとり抜《ぬ》けられるくらいの、大きな穴《あな》が開いている。

「……だれが開けたかは、知らないけど……そこからね……」

それを見たとたん、わたしは思わず絶句した。

そこから飛びおりるために、だれかがわざわざ開けたフェンスの穴《あな》。

それは、みずからが死ぬための作業……。

いったいどんな思いで、その穴《あな》を開けたのか？

だからわたしは、あえて声高《こわだか》にいいはなった。

「こんな所から落ちたら、痛《いた》いだろうにね！」

すると、彼女《かのじょ》は「うう……う」とうなり声をあげると、次の瞬間《しゅんかん》、それまでとはまったくちがうガラガラ声で、突然《とつぜん》こうさけんだ！

「アダジハ　ウエゴビニ　オヂダゲドネ！」

彼女《かのじょ》はそうさけぶと同時に、まるでなにかのかたまりのようになって、フェンスの穴《あな》から飛びだしていってしまった。

「うわあああああっ!!　飛びおりたっ!!」

わたしはそうさけぶと同時に、フェンスの穴《あな》からはいだして、おそるおそる建物のふちまで行って、下をのぞきこんだ。

しかし、そこにいっさい変わったようすはなかった。

人が落ちたような形跡《けいせき》さえも、見ることはできなかったのだ。
そして真下には、彼女《かのじょ》のいった通り、植えこみが確かに設置されていた。

千日前

毎年、定期的に開催《かいさい》している怪談《かいだん》ライブのため、わたしはその日、大阪《おおさか》・南堀江《みなみほりえ》にいた。

そのライブは毎回、夜中から朝までというオールナイトのロングラン講演。

ライブまえの関係者との食事会をふくめると、十二時間近くを費やす長丁場となり、終演後に宿泊《しゅくはく》先のホテルへもどるころには、もうぐったりしてへろへろの状態だった。

わたしは荷物をベッドわきへ放《ほう》りだすと、シャワーを浴びる気力もなく、どっとベッドへたおれこんだ。

ありあまる疲労《ひろう》感に眠《ねむ》りのふちへ落とされかけた瞬間《しゅんかん》、わたしは異様《いよう》な熱気を感じて、一気に目が覚めてしまった。

「な、なんだこれ？　エアコン効いてないな……」

このホテルの空調は集中管理式で、それぞれの部屋からは、かべについたダイヤルで、弱・中・強の切りかえができるだけ。

起きあがってダイヤルを確認《かくにん》するが、設定はしっかり〝強〟になっている。

天井《てんじょう》にある吹《ふ》きだし口に手を近づけると、しっかりと強めの冷気が吹《ふ》きだしていた。

いったん目を覚ましてしまうと、部屋の中の温度は快適に保たれていて、まったく熱気を感じない。

(なんだ、ちゃんと冷えてるよなぁ……)

そう思いながら、ふたたびベッドに横たわる。

しかし横になると、やはり熱気を感じて、目がさえてしまうのだ。

(どうせ起きてなにを確認《かくにん》したって、結果は同じだろう……)

そう思いながら無理にでも眠《ねむ》ろうと、わたしはそのまま目を閉《と》じていた。

すると、今度は顔がぽっぽとほてりだした。

それはまるで、目のまえになんらかの火元があって、赤外線の照射《しょうしゃ》でも受けているような感覚だった。

右に左に寝返《ねがえ》りを打つが、どちらを向こうが、どうにも顔のほてりは治まらない。

そのうち、その熱気は全身に拡大《かくだい》し、一升《いっしょう》びん一本くらい、大あせをかいているのではないかと思うほどだった。

「だあああああああっ！　眠《ねむ》れないっ！　なんだこりゃ！」

たまらなくなって、わたしは自然にさけんでいた。

このまま、もんもんとしてベッドにいてもと思い、わたしはシャワーを浴びようと立ちあがった。

（いや待てよ……こういうときはゆっくり温《ぬる》めの湯につかるといいと、だれかに教わったな）

そう思ったわたしは、浴槽《よくそう》に湯をためようと思い、バスルームのドアを開けた。

と、そのとたんだった！

「な、な、なんだ、これっ！」

わたしの目に飛びこんできたのは、どこもかしこも真っ黒に変色した、異様《いよう》きわまりない光景だった。

自分の目がおかしいのかと思い、その場に立ちつくしたまま、わたしはなんども目をこすって確認《かくにん》する。

しかしなんど見直しても目のまえに広がるのは、すべてが炭と化した空間だった。

その上、なにかが燃えたような異臭《いしゅう》が鼻をつき、とてもではないが、そこに長くいられる状態ではない。

「な、なんで!?　いつの間にこんな……」

わたしはそうひとりごちると、バスルームのドアを閉《し》めた。


「うわあああああああああああっ!!」


これまで出したことのない高音で、わたしはさけんでいた。

ドアのまえに、全身が真っ黒く焼けただれた女が立っている。

顔の随所《ずいしょ》にやけどによる裂傷《れっしょう》が見え、髪《かみ》の毛はちりちりにこげて、片方《かたほう》だけ開いた目は真っ白く変色し大きく見開かれている。

「グズッグハァ、ハァハァハァ……グズッグズッ」

その女は首をななめにかたむけ、のど元から声ともうなりともつかぬ声を発しながら、おずおずとこちらに向かって近づいてきた。

「うわわっ！」

そのキテレツなようすを直視《ちょくし》したわたしは、思わず、進んでくる女をつきはなすように手を出した。

出してしまった……というのが、正しいいい方かもしれない。

無意識のうちにつきだしたわたしの手が、女の頬《ほお》に触《ふ》れたとたん、なんともいいようのない〝じゅりっ〟とした感触《かんしょく》が、指先に伝わってきた。

あえて形容するなら、〝焼きすぎた魚の皮〟とでもいおうか……。そんな感触《かんしょく》だった。

（とにかくこの場からにげろ！）

というコマンドが、わたしの中に発動した。

うしろへ下がればせまい部屋の中、せまってこられたら、にげ場はない。

いまいるバスルームの入り口は、部屋のドアまですぐの位置。

「ちょっ、どけ、おまえっ!!」

わたしはそうさけぶと、目のまえにいる女をはねのけ、そのうしろにあるドアからろうかへと飛びだした。


そこには、ごくごくあたりまえな世界が広がっていた。

明るい照明の下で、静かな音量でバロック音楽が流れ、完ぺきな清掃《せいそう》が行きとどいたろうかは、まっすぐに先へとのびている。

わたしは両手をひざにつき、いま見たものを頭の中で整理してみた。

(寝《ね》ていたわけじゃない、だからこれは現実なんだ)

確かに手には、いまだに〝あれ〟に触《ふ》れたときの感触《かんしょく》が、くっきりと残っている。

「はぁ……これからいったいどうしたものかな……」

わたしはろうかのかべに寄りかかり、本来であればいまごろぐっすりと眠《ねむ》っているはずの、自分の部屋のドアをにらみつけた。

当然ではあるが、部屋はオートロックになっていて、なにも持たずに飛びだしたわたしは、そこになんの異変《いへん》もなかったとしても、かぎを開けることさえかなわない。

人間というのは悲しいもので、絶対に開かないと頭でわかっていても、ついそれを確認《かくにん》したくなる。

わたしは気を取りなおして、部屋のドアのまえまで行くと、ノブを持ってむこうへとなんどかおしてみた。

しかし予想通り、ドアにはがっちりとかぎがかかっていて、それが開いてくれる気配はみじんもない。

(はぁ……やっぱりだめか。フロントへ行って……いや、中にはまだあの女が)

そんなことを考えた、その瞬間《しゅんかん》!!

「……開けたら……へんよ」

それはドアのすぐ内側、それもドアそのものに口をつけているかのような至近距離《しきんきょり》から、はっきりと聞こえた。

「うわっ！　やっぱり！　やっぱりいるじゃねえか！」

そういいながら、わたしは思わずドアに打刻《だこく》された、ルームナンバーに目をやった。

そこに打たれた数字は〝428〟。

それを見た瞬間《しゅんかん》、わたしの頭の中は混乱《こんらん》した。

なぜなら、わたしがその日、泊《と》まった部屋は528であり、いまいる階の一階上のフロアだ。

なぜわたしが、はっきりルームナンバーを覚えていたかというと、当時わたしが所有していた車のエンジン形式が528であり、フロントでルームキーを受け取った際に、（お、これは縁起《えんぎ》がいい）と、にやけた覚えがあったからだ。

とにかく、わたしがいまいるのは、みずから飛びだしてきた部屋の真んまえであり、たったいままで、この428にいたことはまちがいない。

（とにかく一度フロントへ行こう。そこで部屋を確認《かくにん》して、合かぎをもらってこなければ……。）

頭の中が混乱《こんらん》し、まるでパラレルワールドへ足をふみいれたかのような、釈然《しゃくぜん》としない思いを抱《いだ》いたまま、わたしはエレベーターに乗ると、フロントのある一階を目指した。

フロントへ着いたわたしは、あくまで平静を装《よそお》い、そこに立つホテルマンにこう切りだした。

「すみません、部屋のかぎを持たずに、うっかりろうかへ出てしまいまして」

「さようでございますか。お名前をちょうだいできますか」

そこでわたしは、自分のフルネームを伝えた。

「中村様、五階の28号室でございますね」

やはり、わたしの記憶《きおく》はまちがってはいなかった。

五階の28号室……つまり〝528〟。

五階に上がったわたしは、28号室のまえまでくるといったん息を整え、合かぎを使って、おっかなびっくりドアを開けてみた。

そこにはごくあたりまえの空間があり、部屋にあれだけただよっていた、なにかが焼けたような異臭《いしゅう》も、みじんも感じない。

おそるおそるバスルームを確認《かくにん》するが、そこには見覚えのある、真っ白な設《しつら》えが整然と並《なら》ぶだけ……。

ベッドのわきに投げだした荷物も、覚えのある場所に、覚えのある形で置かれている。

なんだかすっかり目が覚めてしまったわたしは、タバコに火をつけ、朝の光を取りいれようと、閉《し》まっていたカーテンを開放した。

その瞬間《しゅんかん》、視界《しかい》にある景色が飛びこんできた。

それを見たとたん、わたしの中で、すべてのことが一本の糸でつながり、同時にその意味を理解した。


このホテルは、1972年に大火災が発生した、千日デパートの目のまえに位置していたのだ。

階下の店舗《てんぽ》が閉店《へいてん》した直後、上階の婦人服売り場より出火。フロア内の防火シャッターが閉《へい》鎖《さ》されないまま、火は上へ下へ回っていった。

そして今日は13日。

118名におよぶ被害者《ひがいしゃ》を出したその日は、1972年5月13日。月忌《がっき》命日だった。

だが、ひとつだけ不可解なことがある。

この火災によって亡《な》くなった人の多くは、有毒なけむりを吸《す》いこむことによる一酸化炭素中毒であったと聞く。

であるにもかかわらず、あのような焼けただれた姿《すがた》でわたしのもとに現れた女性……。

真実とは、またなにかちがった局面があるのだろうか。

火災により亡《な》くなった、たくさんの尊《とうと》い命に対し、心から哀悼《あいとう》の意を表したい。

ある母の話

これはいまから二十年ほどまえに起きた、実に不思議で悲しい話だ。


友人の家に、四歳《さい》になるアイリッシュ・セッターがいた。

名前をシェリーといい、大変頭のいい、人なつっこい犬だった。

ある日、友人はシェリーが妊娠《にんしん》したことに気づいた。

シェリーを飼い主なしで外に出したことはなく、ようすを見ていると、父親は近所でときどき放し飼いにされている雑種犬であることがわかった。

子犬のころから、手塩にかけて育てあげた愛犬が雑種を生む。

それを知った友人の父は烈火《れっか》のごとくおこり、口ぎたなくシェリーをののしった。

「雑種の子を宿すなんて、なんて節操《せっそう》のない犬なんだ！」

父の言葉をじいっと聞いていたシェリーは、「まるで泣いているようだった」と友人はあとでいっていた。

時間はあっという間に過ぎ、とうとうシェリーに、五匹《ひき》のかわいい子犬が誕生《たんじょう》した。〝誕生《たんじょう》してしまった〟という方が、あるいは正しいのかもしれない。

シェリーの顔を見るたびに、いやみをいっていた父は、とうとうその日、人としていってはいけないことを、はきすててしまった。

「こんなゴミ生みやがって！　どう始末してやろうかっ！」

その日から、シェリーはえさを口にしなくなった。

そして二日後の晩《ばん》、父は夜中に目を覚ました。

かすかに弱々しい子犬の鳴き声が聞こえてくる。

聞き耳を立ててみると、その声は一匹《ぴき》ずつ、犬を入れているケージから遠ざかっていくようだった。

「おかしいな……まだ子犬らは歩けないはずだが……」

そう思ってベッドから出ると、カーテンをわずかに開いて庭先を見た。

シェリーが一匹《ぴき》ずつ子犬をくわえ、庭のおくへ連れていっている。

「なんだ、シェリーが子犬の寝場所《ねばしょ》を移してるだけだったか……」

そうつぶやき、父はふたたびふとんへもぐりこんだ。

と、そのときだった。

ウオオオオォォォォォ〜〜〜ン
ウオオオオォォォォォ〜〜〜ン
ウオオオオォォォォォ〜〜〜ン
ウオオオオォォォォォ〜〜〜ン
ウオオオオォォォォォ〜〜〜ン

正確に同じ長さ、同じトーンで、シェリーが五回、遠ぼえした。

いままで一度もシェリーの遠ぼえを聞いたことがなかった家族は、一様におどろいて飛びおきた。

庭の電気をつけて、窓《まど》からのぞいてみる。

するとシェリーが芝生《しばふ》にすわったまま、じいっと窓《まど》からのぞく家族を見つめていたという。

「あれ？　おとうさん……子犬たちは？」

ふとケージが空になっていることに気づいた友人が、父に聞いた。

「なんだかさっき、シェリーがおくへ運んでて……い、いかんっ！　おくは、おくにはっ……」

その家の庭のおくには池があった。

あわてて池にかけより、中をのぞく。

そこにはにごった水の中に横たわる、五匹《ひき》の子犬の姿《すがた》があった。

シェリーは〝ゴミ〟とののしられた我《わ》が子を、自分の手で〝始末〟したのだった。

それから一週間後、いっさいの食べ物を口にしなくなった〝母〟は、自分を待つ、子どもたちのもとへと旅立った。

その日から七日間、シェリーが遠ぼえをした同じ時間になると、近所で飼われているすべての犬が、いっせいに遠ぼえを始めたという。


人間も犬も、猫《ねこ》もウサギも、すべてこの世に生を受けたものは同じ生き物であり、生まれたからには、幸せに一生をまっとうする権利《けんり》がある。

彼《かれ》らは、人の心を読みとる能力に長《た》け、なにもわからないふりをしつつも、しっかりとこちらの意思を読みとっているのだ。

相手をきらえば、それはかならず相手にも伝わる。その意思は連鎖《れんさ》して、マイナスの意思が渦巻《うずま》く。それは相手が動物でも同じことなのだ。

おみやげ

「いまから行く!」


古くからの友人・福永からの電話だった。

昔からそうだが、この男は寡黙《かもく》で、ぶっきらぼうきわまりない。

福永は、ふだんは海外で生活しており、年に数回帰国しては、突然《とつぜん》ぶっちょうづらをさげてやってきて、ほとんどなにも話さず帰っていく。

雑貨を輸入する会社を営んでいるということは知っているのだが、それがどんなもので、どこへ行けば手に入るかも聞いたことがない。

昼もとうに回ったころ、わたしの家のインターホンが鳴った。

「おれ」

福永がインターホンに向けて、たったひとこと、ぼそりとつぶやく。

（まったく……）

あきれながら玄関《げんかん》を開けると、いつも通り、ぬぼっと立っているのだが、いつもとちがうのは、両手に大きな紙ぶくろをさげている。

「なんだそれ？」

わたしがたずねると、福永はにんまりと笑っていった。

「アメリカみやげだ」

いままで一度として、この男からみやげなんかもらったことはない。

わたしがおどろいてきょとんとしていると、福永は目配せして「コーヒー」といった。

ちょうどわたしも飲みたいと思っていたところだったので、自慢《じまん》の〝中村ブレンド〟をいれることにした。

湯をわかしながら福永を見ていると、持ってきた紙ぶくろの中を、なにやらごそごそとやっている。

「みやげなんか、めずらしいな」

わたしは、少しいやみのスパイスを利かせていってみた。

「好きなの選べ」

するとふくろを指さして、ぶっきらぼうに福永がいう。

そばへいってふくろの中身を見ると、すべて同じような人形が入っている。

それも見た目は、昔はやった小猿《こざる》のぬいぐるみの改造版だった。

ぬいぐるみの毛をむしり、代わりに長い毛を植えさせて、全体をネイティブ・アメリカンテイストに仕立てた……とでもいおうか。

しかも裏《うら》には、しっかりMade in Chinaの打刻《だこく》がある。

福永らしいといえば福永らしいのだが、そのあまりの〝ぞんざい感〟に、思わず笑いがこみあげてきた。

人形は両手と両足が可動式になっていて、足を曲げればすわったポーズも可能。というよりは、装飾《そうしょく》に使われた羽根が大きいため、立たせておく方が難《むずか》しかった。

全体的には典型的なネイティブ・アメリカンの姿《すがた》を模《も》したものだが、そこに使われている鳥の羽根に、いくつかのバリエーションがあるようだった。

わたしは、大好きなオレンジとブラックとのコントラストが美しいひとつを選んだ。

「だと思った。だから上にのせておいた」

そういうと福永はコーヒーをガブガブと飲み干《ほ》し、「じゃあな」といって立ちあがった。

「なんだよ、もう行くのか？」

「これをいまから、すべて配りに行くのだ」

それを聞いて呆然《ぼうぜん》とするわたしを放置して、福永はおんぼろの車に乗りこむと、さっそうと去っていった。


それから一週間後のこと。

都内で数軒《すうけん》のエステサロンを経営する、友人の香織《かおり》から電話が入った。

「あなたの所にも、福永くん行ったでしょ？　そのとき、なにかもらわなかった？」

それを聞いて、すぐにあの人形のことだと察したわたしは、なにかあったのかと逆にたずねてみた。

「ふつうじゃない。ふつうじゃないわよ、あれ。あなたがもらったものには、特に異変《いへん》はないの？」

「異変《いへん》だって？　どういうことだ？」

香織《かおり》の人形に起きた〝異変《いへん》〟とは、こんなことだった。


夜になって明かりを消すと、人形から〝シュリッシュリッ〟という、刃物《はもの》を研《と》ぐような音が聞こえ、それが鳴りだすと飼い猫《ねこ》が、異様《いよう》な興奮《こうふん》状態におちいる。

友だちと電話で話していると、「あれ？　だれかきてるの？」とたびたびいわれたので、わけを聞くと、決まって「うしろで男の声がする」といわれる。

人形はテレビの横にずっと置いているのだが、その位置がひんぱんに変わっていて、気づくと自分のすぐそばにまでせまっていることがある。

仕事に出るときはすわっていた人形が、帰るとしゃんと立っている……。

おおよそこんな具合だった。

わたしがいちばん気にかかったのは、最後の〝勝手に立つ〟というくだりだった。

羽根が大きすぎて、かんたんに立たせることができないことは、わたしも確認《かくにん》している。

「あの人形、よほど前後のバランスを上手に取らないかぎり、立たせるのは不可能だよな？」

わたしは確認《かくにん》するように、香織《かおり》に伝えた。

「それはうちにあるのも同じで、立たせても立たせても、すぐにたおれるのよ。どうやっても立たないものが、帰ると立ってるの！」

しかしその日、わたしは予定がつまっていて動きがとれず、とにかくしばらくようすを見るよう香織《かおり》にうながし、なんとかなだめて電話を切った。


それから三日後、自宅《じたく》にもどると、留守番電話の録音通知が光っている。

着信履歴《りれき》には香織《かおり》の番号が並《なら》んでいた。

その日、わたしが一日中、携帯《けいたい》電話の電波が届《とど》かない場所にいたため、しびれを切らして自《じ》宅《たく》にかけてきたのだろう。

「ピー　あ、香織《かおり》だけど。これ聞いたらすぐにきて！」

「ピー　まだ帰らないの！　お願い、早く……」

「ピー　やだもう！　とてもじゃないけど家にいられない！　いまから近くのカフェに行くから、とにかくあたしのケータイ鳴らして！」

いったいなにごとかと、わたしは香織《かおり》の携帯《けいたい》電話にかけた。

「もしも……」

「あんた、どこにいんのよっ！」

いきなり浮気《うわき》を責めたてられているダメ男の気分になった。

とにかく興奮《こうふん》気味にまくし立てる香織《かおり》を落ちつかせ、わたしはなにがあったのか聞いてみた。

「朝起きたら、部屋中そこかしこに、長い髪《かみ》の毛が落ちてるのよ。手で拾うのはいやだったから、吸《す》いとろうと思って掃除《そうじ》機を持ってもどってくると、いつの間にかばらばらに落ちてた髪《かみ》の毛が、まとまって一本の太い束になってたの。

ねえ、こんなことってありえる？」

確かに、香織《かおり》の話を聞くかぎりでは、とうてい現実とは思えない。

しかし、わたしは過去に、さまざまな信じがたい経験をしてきているだけに、真っ向から否《ひ》定《てい》する気にはなれなかった。

香織《かおり》のいるカフェで落ちあって、わたしたちは香織《かおり》のマンションへ向かった。

香織《かおり》のマンションは都心部にあり、しかもひと部屋ひと部屋がとんでもなく広い高級物件。

このマンションの部屋は、ヒットしたドラマや映画《えいが》にも使われていて、エントランスには、なんと小川が流れている。

香織《かおり》がかぎを開け、そのあとに続いてわたしは部屋へと足をふみいれた。

周囲を見回し、別段《べつだん》変わったことがないことを確かめると、香織《かおり》はほっと安堵《あんど》のため息をついた。

「ちょっと見てほしいものがあるの。そのまえに……コーヒーでもいれるわ」

そういってキッチンへ向かう香織《かおり》に、わたしは聞いてみた。

「ところで、あの人形は？」

香織《かおり》はその場でぴたりと止まり、わたしに背《せ》を向けたまま、静かに右を指さしてぽつりといった。

「……納戸《なんど》よ」

どうやら例の人形は、暗い場所にしまわれているらしかった。

香織《かおり》はコーヒーと大きめの封筒《ふうとう》を手に、リビングにもどってきた。

だまってわたしに封筒《ふうとう》をわたす。

封筒《ふうとう》はDPEのふくろで、プリントした写真が入っているようだった。まだ封《ふう》が切られておらず、持ちかえったままの状態であることが見てとれた。

「なんだよ、これ?」

「あの人形をね、ここ三日ほど、写真に撮《と》ったのよ」

「どういうこと?」

「あたしが朝ここを出るときに、しっかりすわらせた状態にして、そのままの形をカメラでおさえたの。帰ってきてから、立ちあがってる状態と、対《つい》で撮《と》っておいた。三日目の晩《ばん》に撮《と》ったところで、フィルムの自動巻《ま》きあげが始まったから、人形の写真は、最後の方に合計六枚《まい》あるはずよ」

わたしはＤＰＥの封筒《ふうとう》を開け、中からプリントされた写真を取りだした。

三十六枚撮《まいど》りのフィルムを焼いたらしく、そのほとんどは香織《かおり》のプライベートシーン。問題の六枚《まい》は、下の方にあるはず。

わたしは手っとりばやく、下から六枚《まい》を取ると、残りの写真を封筒《ふうとう》へもどした。


問題の六枚《まい》を順に見ていく。

まず一枚《まい》目、人形は確かにすわった状態。

二枚《まい》目、人形は確かに立っている。

すわっている三枚《まい》目、立っている四枚《まい》目……。

そして撮影《さつえい》最終日にあたる五枚《まい》目も、人形はすわっていた。

だが……。

最後の写真を見た瞬間《しゅんかん》、わたしはそこに尋常《じんじょう》でないものを感じ、全身に鳥肌《とりはだ》が立つのがわかった。

その写真の中の人形には〝動き〟が写しだされていた。

そこには、まるで人形が立ちあがろうとする瞬間《しゅんかん》をとらえたような、被写体《ひしゃたい》の〝ブレ〟が写りこんでいたのだ。

「……香織《かおり》、これ!?」

「なに!? やだってば! 見せないでよっ!」

どうしても見たくないというので、なにが写っているかを、わたしは口頭で伝えた。

「やっぱりね! やっぱり動くのよ、あれは!」

そういいながら涙《なみだ》ぐむ香織《かおり》に、わたしは、追いうちをかけるようなことをいわざるをえなかった。

「人形はどこ?」

この状況《じょうきょう》では、実際の人形を検証してみるしかないと判断した。

そのままにしておいても、一向に事態は好転しないだろうし、香織《かおり》本人も気が気ではないだろう。

しかるべき場所へ持ちこんで、きちんと供養《くよう》をするのが妥当《だとう》だと、わたしは考えたのだ。

それを香織《かおり》に伝え、人形を持ってこさせる。

香織《かおり》は、しぶしぶ納戸《なんど》を開けて、中から緑色の箱を出してきた。

「いい？　あたしのまえで絶対開けないでよね！　開けたら絶交だからね！」

なつかしい昭和の子どもの決めゼリフをいいながら、香織《かおり》は箱をテーブルの上に置いた。

「じゃあね、おやすみ」

箱を置いた香織《かおり》はそういうと、わたしに背《せ》を向けている。

「お、おやすみ……？」

「まさかとは思うけど、この状況《じょうきょう》を作りだしておいて、帰ろうってわけじゃないわよね？」

わたしの方に向きかえって、香織《かおり》はとげとげしくいった。

「帰りたい！　すごく帰りたい！」

わたしの心底正直な気持ちだった。

「ふざけたこといってないで、はいおやすみ」

そういいはなつと、香織《かおり》はとっとと自分の寝室《しんしつ》へ行ってしまった。

（なんという女だ！）

とは思ったものの、この状況《じょうきょう》で人形と香織《かおり》のふたりだけにして、帰ってしまうわけにもいかなかった。

結局わたしは、この箱にしまわれたままの人形と、一夜を共にすることとなった。

（まぁ、なにがどうでも元はキャラクターぬいぐるみだ。おそろしいこともなかろう……）

そうたかをくくったわたしは、そのままソファに寝《ね》ころぶと、目を閉《と》じて眠《ねむ》りへのさそいを待つことにした。


どのくらい時間が経過したのか、うとうとしだしたわたしの耳に、ある音が聞こえてきた。

シュリッ……シュリシュリッ……シュリッシュリッシュリッ！


その音で、わたしは一瞬《いっしゅん》で目がさえた。

それは確実に、目のまえに置かれた箱の中から聞こえていた。

その音こそ、香織《かおり》のいった〝刃物《はもの》を研《と》ぐ音〟だと、わたしは直感した。

ソファに起きあがり、わたしがじっと箱を凝視《ぎょうし》すると、音はぴたっと止まり、箱の中のなにかはなりをひそめている。

香織《かおり》の部屋は高層階《こうそうかい》で、都会の雑踏《ざっとう》はみじんもここへは届《とど》かない。しかもいまは真夜中。

その静寂《せいじゃく》の中、このだだっ広い空間に張りつめる、異様《いよう》な緊張《きんちょう》は生き地獄《じごく》だ。

そこでわたしは肝《きも》をすえると、目のまえに鎮座《ちんざ》する箱を開けてみることにした。


箱を自分の近くにたぐりよせ、上部にかぶさっている箱のふたに手をかける。

わたしはふたをつかむと、一気にそれを開けはなった。

「う……うわわっ！　な、なんでっ!?」

中をのぞいたわたしは、思わずさけんで、ふるえあがった。

人形は、箱の中央にしっかりと立っており、あろうことか、かっと真上を向いていたのだ。

わたしの声におどろいた香織《かおり》がリビングに入ってきて、そのようすを見るなり、その場にへたりこんでしまった。

人形の首の部分は、手足とはちがい、屈折《くっせつ》する仕組みになっていない。

それがなぜ上を向いているのか……？

不思議でならないわたしは、箱を少し動かし、別の角度から首の仕組みを確認《かくにん》しようとした。ところが人形は、ほんの少し箱を動かしただけで、ぽてっと箱の中でたおれてしまった。仕組みからいえば当然だろう。

しかし、先ほどわたしが箱を自分の方へ引きよせたときには、この人形はたおれなかったのだ。本来ならば、その時点でたおれていなくてはならないはずで、いまのいままで立っていたこと自体、異常《いじょう》だった。

人形の首は、まるで刃物《はもの》ですぱっと切ったようになっていて、ほんのわずかな部分だけを残してつながっていた。

わたしはそれを手にとって、切断面を確認《かくにん》していたが、切り口から見える人形の体内に、なにか黒っぽいものがつめこまれていることに気づいた。

人形につめこまれていたもの。

それは、束になった人間の髪《かみ》の毛だった。

介《かい》護《ご》施《し》設《せつ》にて

古くからの友人で、みずからもさまざまな体験を持つ北川さんのご主人の話だ。

彼《かれ》は現在、老人介《かい》護《ご》施《し》設《せつ》に勤《つと》めていて、実に意《い》欲《よく》的に介《かい》護《ご》に取りくんでいらっしゃる。

その彼《かれ》が、まだ施《し》設《せつ》内の清《せい》掃《そう》業務にたずさわっていたころに、こんな経験をしたという。

その日の清《せい》掃《そう》場所は、施《し》設《せつ》がオープンしてから二年もたって、やっと入居者が決まったフロア。そのときも、まだ多くの部屋が空いていた。

「失礼します。清《せい》掃《そう》入ります」

毎回、そうして介《かい》護《ご》士《し》たちが集まるつめ所に声をかけてから、清《せい》掃《そう》作業を始めることになっていた。

いつもは業務に追われて、だれもいない時間なのに、その日にかぎって小さなつめ所が、ぎゅうぎゅうのすしづめ状態になっている。

十人くらいの介護士《かいごし》たちが、楽しそうに雑談に花を咲《さ》かせている。

いそがしい介護士《かいごし》たちのつかの間の休憩《きゅうけい》をじゃましないように、北川さんは声だけかけると、急いで仕事に入ろうとした。

すると急に話の中心にいた介護士《かいごし》が、北川さんに向かって、こんなことをいいだした。

「夜中にさ、そこのボールがぽんって飛びあがるのよね」

「……ボ、ボールがですか？」

「そうそれ、それがね……」

そういいながら、介護士《かいごし》は入り口付近を指さして見せた。

つめ所の入り口には、電子レンジをのせた、大きなステンレス製のテーブルが設置してあった。その下に、有名メーカーのクッキー缶《かん》が置いてある。

ふたのないクッキー缶《かん》の中には、レクリエーションなどに使うカルタや色鉛筆《いろえんぴつ》など、さまざまな道具が入れてあった。

その中で、野球のボールくらいの大きさのブルーのゴムボールが、上半分だけ顔をのぞかせている。

「どう考えても、勝手に飛びあがるとは思えませんが……」

北川さんが、けげんそうに返した。

「それがね、本当に飛ぶのよ……」

夜勤《やきん》の担当《たんとう》者が書類を書いていると、突然《とつぜん》背後《はいご》で「スポンッ……ポテン！」というかわいた音がした。

おどろいて音のした方にふりむくと、ブルーのゴムボールが床《ゆか》に転がっている。

（え！　なに？　なんで？）

担当《たんとう》者がびっくりして固まっていると、ころころころと、まるで吸《す》いよせられるように自分の足元まで転がってきて、ぴたりと止まったのだという。

しかも、ボールは迷うことなく、まっすぐ担当《たんとう》者に向かってきたと……。

「夜勤《やきん》の人間が全員、経験してるんだけどさ……あたしもふくめてね」

介護士《かいごし》はそういって、にんまりと目を細めて見せた。

その場はあいまいな笑顔《えがお》を作り、北川さんは清掃《せいそう》作業に取りかかった。

その日、割《わ》りあてられた場所を、徹底《てってい》的にみがきこんだあと、休息を取ろうと北川さんはつめ所へ足を運んだ。

すでに介護士《かいごし》がふたり、先に休憩《きゅうけい》に入っていた。

「……そういえばさ、最近、岡田《おかだ》さん見かけない？」

「あ～！　あのソファのところでしょ？　いるいる！」

「いまだに岡田《おかだ》さん、ステッキつきながら歩いてくるでしょう？」

ふたりの話している岡田《おかだ》さんという人のことは、北川さんも覚えていた。

岡田《おかだ》さんは認知症《にんちしょう》がかなり進んでいて、トイレのふたを開けずに用を足すので、いつも掃除《そうじ》が大変だったからだ。

元来はとてもおしゃれな男性で、食事の時間になると、いつもびしっと洋服を決め、愛用のステッキをつきながら食堂へ足を運んでいた。

ところが施設《しせつ》のお風呂《ふろ》場で転倒《てんとう》し、救急搬送《はんそう》された入院先で、食事をのどにつまらせ、そのまま亡《な》くなってしまったのだ。

その岡田《おかだ》さんが、夜勤《やきん》の担当者《たんとう》が巡回《じゅんかい》中に、元いた居室から出てきては、ろうかを歩いているという。

いつもの愛用のステッキをつきながらろうかを進み、テレビのまえのソファにすわったかと思うと、電源《でんげん》の入っていない真っ暗なテレビ画面を、じぃっと見つめているのだそうだ。

「それがさぁ、ろうか歩いてるときは見た目もちゃんと岡田《おかだ》さんなのに、テレビのまえにすわったとたん……」

「そうそう！　すわったとたん……」

「真っ黒になるんだよね！」

ふたりの会話はしばらく続いた。

北川さんは、実は片方《かたほう》の耳がまったく聞こえない。

ふだんは、仕事に集中していることもあって、こうした介護士《かいごし》や職員の話はできるだけ遮断《しゃだん》している。

ところが、こうした怪異《かいい》の話だけは、なぜかダイレクトに耳に入ってくる感覚があるのだという。しかも聞こえない方の耳から……。

「そしてね、こういう話が聞こえてくると、まちがいなく〝話の連鎖《れんさ》〟がやってくるんですよ」

と北川さんはいう。

北川さんにとっては、気分のいいものではないだろうが、その〝連鎖《れんさ》〟を少なからず期待してしまうわたしだった。

荒《あら》川《かわ》家の秘《ひ》密《みつ》

三十年近くまえの六月、わたしは拠点《きょてん》を北海道の札幌《さっぽろ》から、関東中央部へ移した。

そこで初めてできた友人が、荒川《あらかわ》だった。

わたしと同年代で、実に気のいい男だ。


荒川《あらかわ》は毎日のように我《わ》が家へきて、夜おそくまで世間話をしては眠《ねむ》くなると帰っていく……。

そんな〝茶飲み友だち〟のような存在《そんざい》だった。

なん年もの間そんな関係が続いていたが、少しずつわたしはある疑問《ぎもん》を感じはじめた。

付きあいだして、もうなん年にもなるのに、一度として荒川《あらかわ》の家に招かれたことがなかったのだ。

もちろん、そこになんらかの意図があるとは思っていなかったが、一度も声がかからないということを、わたしはなんとなくさびしく思っていた。

そしてもうひとつは、これは荒川《あらかわ》と出会った当初から疑問《ぎもん》に感じていたことだが、彼《かれ》の顔に見られる〝麻痺《まひ》〟。

荒川《あらかわ》の顔は右半分だけ、まるで別物のように無表情だ。右だけ動かないので、笑うと引きつったような表情になった。

出会ったころに聞いてしまえば、聞きやすかったのかもしれないが、なんとなく聞く機会をいっして、ここまできてしまった。

そのままさらに数年がたち、彼《かれ》との付きあいもそろそろ十年になろうかというころ、いつものように荒川《あらかわ》が遊びにきた。

「実はね、中ちゃん。ちょっと相談に乗ってほしいことがあるんだ」

姿勢《しせい》を正した荒川《あらかわ》は、ふだんは見せない神妙《しんみょう》な面持《おもも》ちで、こんな話をしだした。

荒川《あらかわ》の家族は、元々東京都下の新興住宅街《じゅうたくがい》に住んでいた。

そこでは、いまは亡《な》き父親が、水道工事の会社を営んでいた。

周囲はかなり密集《みっしゅう》した住宅地《じゅうたくち》だったが、荒川《あらかわ》の家には大きな庭があり、豪邸《ごうてい》といえるような立派《りっぱ》な家だったという。

父親は自治会の役員も引き受けるほど、近所付きあいも良好だった。

ある日の深夜、突然玄関《とつぜんげんかん》の呼《よ》び鈴《りん》が鳴った。

荒川《あらかわ》の姉が応対に出ると、そこにはふだんから付きあいのある、町内会の役員が立っている。すまなそうに頭を下げると、彼《かれ》はいった。

「荒川《あらかわ》さん、こんな時間に申しわけないんだけど、砂糖《さとう》を少々分けてはもらえんだろうか」

姉はいぶかりながらも小さな容器に砂糖《さとう》を入れ、その役員に手わたした。


翌日《よくじつ》、周辺は大さわぎになっていた。

昨晩《さくばん》、荒川《あらかわ》の家に砂糖《さとう》をもらいにきた役員が、自分の家の軒《のき》から縄《なわ》をかけ、首をつって亡《な》くなっていたのだ。

町内は騒然《そうぜん》とし、前日深夜に訪《おとず》れていたことから、荒川《あらかわ》家も警察《けいさつ》からくわしい事情聴取《ちょうしゅ》をされた。

遺書《いしょ》はなかったが、結局、その役員が死に至《いた》った理由がまったく判明せず、理由なき自殺ということで、取りあえず事態は収束《しゅうそく》した。

それから一か月もたたずに、今度は自治会の経理を担当《たんとう》する自転車屋の主人が深夜、荒川家《あらかわ》にやってきた。

その日、父親は不在で、母親が対応した。

「おくさん、すみません。ふだん使っている出納《すいとう》帳が売ってなくて、ちがった様式のものを買ってしまったんです。ちょっと、書き方を教えていただけませんか？」

自転車屋はこんなことをいった。

荒川《あらかわ》の母親は、こんなおそくになぜと思ったものの、ふだんから会社の経理いっさいをしきっている手前、わかりませんともいえない。

かんたんに書き方を教えると、その自転車屋は深々と頭を下げて帰っていった。

その翌日《よくじつ》早朝、自転車屋は、近くを通っていた始発電車に飛びこみ、亡《な》くなった。

「その十日後、今度は風呂《ふろ》屋の主人が夜中にうちへ……」

続きを話そうとする荒川《あらかわ》の言葉を、わたしはいったんさえぎった。

「おいおいおい、ちょっと待ってくれ！　じゃあ、深夜におまえんちにきた男が、立てつづけに自殺したって話なのか？」

わたしが困惑《こんわく》した表情でそういうと、荒川《あらかわ》は少しだまったあと、「ごほん」とひとつせきばらいをして、続きを話しだした。

「結果として、それから一年あまりのうちに、同じ町内から七人の自殺者が出たんだ。

そんなとき、姉の部屋にこっそり呼《よ》ばれたおれは、以前、町内会で配られた一枚《いちまい》の地図を見せられた。町全体を細かく記したやつだ」

「ああ、確かそんなのが、うちのいなかにもあったっけ……」

「姉は無言でその地図を床《ゆか》に広げて、赤ペンでところどころに印をつけだした。

その印を目で追っていて、おれは、はっとしたよ。その印がつけられた家は、自殺した七人の家だったんだ。

しかもな、その赤い印は……じょじょにうちへ近づいてきていたんだよ」

「それはまた……気持ち悪い話だな」

わたしはそう思いながらも、話の続きを早く聞きたくてしかたなかった。

「実は、七人目にあたる左官屋の社長が亡《な》くなったとき、親父《おやじ》におかしな変化が起こった。その人の葬式《そうしき》の日からだったんだが、妙《みょう》に親父《おやじ》はひとりになりたがり、人に背中《せなか》を向けて、ブツブツとなにかをつぶやく……そんなことが、ひんぱんに見られるようになったんだ。それから、ちょうど七日目のことだ。その日は左官屋の社長の初七日だった。親父《おやじ》は、朝から法要の手伝いにと、左官屋へ出向いていて、おれがようすを見に行ったときには、額にあせしながら、せっせと動きまわっていたんだ。

なのに……」

「おい……『なのに』って、まさか……」

「その『まさか』だ。その晩《ばん》おそく、親父《おやじ》は玄関《げんかん》のはりからぶらさがった。そのとき飼っていた犬が異様《いよう》にほえるんで、おれが玄関《げんかん》へ行ってみると、いままさに台をけとばした直後の状態に出くわしたんだ。

幸いすぐに家族を呼《よ》んで、縄《なわ》をはずしたからよかったものの、数分おくれていたら……」

そういって荒川《あらかわ》は下を向いた。

一家の大黒柱が、自分の目のまえで首をつろうとしている……それは、想像するだにおそろしいことだ。

なんとか一命は取りとめたものの、そのときの頸椎損傷《けいついそんしょう》が原因で、意識に障害《しょうがい》が残り、結局、荒川《あらかわ》の父親はそれから一年足らずで他界してしまったという。

「実に気味の悪い話だし、あと味も悪いな。結局その土地には、なん年住んだんだ？」

「そうだな……おれが生まれるまえからずっとらしいから、二十年以上は住んでいたと思う。親父《おやじ》があんなことになったとたん、商売ががたがたとだめになり、結果その家も土地も売ってしまい、建売りのいまの家を買ったんだ」

「近隣《きんりん》で自殺が多発しだしたのは、いつのことだ？」

「おれが高校に上がるときだから……十五のときだな」

「それまでは、そういうことは、なにも起こらなかったわけか？」

わたしは当然わいてくる疑問《ぎもん》を、荒川《あらかわ》に投げかけた。

「そこが不思議なんだよ……。ただな、ひとつだけ、おれの中に引っかかることがあるんだ」

「なに？」

「実は今日、その話を聞いてもらいたくて、きたようなものなんだ。ただ、ここじゃダメだ。すまないが、いまからうちへきてくれないか？」


これにはおどろいた。

一度として招かれたことのない、荒川《あらかわ》の自宅《じたく》へこいというのだ。

わたしはすぐに出かける用意をして、荒川《あらかわ》といっしょに彼《かれ》の家へ向かった。

以前は庭付きの豪邸《ごうてい》に住んでいたというものの、現在の荒川邸《あらかわてい》は小ぢんまりとした二階建て。

わたしが乗って行った車さえも、置く場所に困《こま》るほどの立地に建てられていた。

小さな玄関《げんかん》にも荷物が山積みで、どうにかこうにか、くつだけは脱《ぬ》げるような状態だった。

「そういえば中ちゃん、うちにくるの初めてだよな」

（いまさら、よくいうよ……）

そう思いつつ、わたしは初めてお目にかかる荒川《あらかわ》のおふくろさんにあいさつし、茶の間へと通された。おふくろさんは、心臓《しんぞう》をわずらっていると聞いたことがある。

茶の間に入り、いきなりわたしの目に飛びこんできたのは、六畳《じょう》間にドカンと鎮座《ちんざ》する超巨《ちょうきょ》大《だい》な仏壇《ぶつだん》だった。

しかも、とびらはぴったりと閉《し》まったままになっている。

「どうぞどうぞ、せまいところですが……」

おふくろさんにそういわれて、ざぶとんを出されるが、どうにもその仏壇《ぶつだん》が気になってしかたがない。

わたしは荒川《あらかわ》にこう進言した。

「ずいぶん立派《りっぱ》な仏壇《ぶつだん》だが、ふだん、仏壇《ぶつだん》のとびらは開けておいた方がいいと思うぞ」

すると彼《かれ》はすぐに立ちあがり、仏壇《ぶつだん》のまえへ行くと、とびらの真ん中を持って両側へとおしひらいた。

と、その瞬間《しゅんかん》だった！

「うわっと！」

思わず声が出てしまった。

とびらが開かれたとたん、中からバレーボールほどの大きさの〝かたまり〟が飛びだしてきて、わたしの胸元目《むなもと》がけて突進《とっしん》してきたのだ。

わたしは両手をまえに出して、それを防ごうとしたが、そのかたまりは手をすりぬけると、わたしの胸《むね》にドシンと直撃《ちょくげき》した。

一瞬《いっしゅん》、気が遠のき、まぶたの裏《うら》に、矢つぎばやに映像《えいぞう》が見えてきた。


映像《えいぞう》の始まりは、大きなクマのぬいぐるみのアップだった。

ひとりの女の子が、そのぬいぐるみを与《あた》えられ、満面の笑《え》みをうかべている。

どうやらその日は、女の子の誕生日《たんじょうび》のようだ。

なに不自由なく育てられた女の子は、その後どんどん成長し、小学校・中学校・高校と進学。

たくさんの人に祝われて、卒業式をむかえている。

それからひとりの男性と知りあい、男性はむこ養子となって彼女《かのじょ》の家に住むようになった。

回りろうかのある大きな家で、広大な庭に囲まれている。庭の池には錦鯉《にしきごい》、玄関《げんかん》には美しいオウムが飼われている。

にぎやかな街中に、大きな料亭《りょうてい》を経営している家で、各界の著名人《ちょめいじん》もひんぱんに出入りしていた。

そこでまぶたの映像《えいぞう》は急展開《きゅうてんかい》した。

突然《とつぜん》、うす暗い賭博《とばく》場の場面になり、結婚《けっこん》したばかりの女の子の夫が見える。

慣れない手つきで右往左往する彼《かれ》を、数人の男たちがあおって、金を巻《ま》きあげている。

なぜかこの場面だけが、なんどもなんどもくりかえされ、そこで場面は一度暗転した。次に映《うつ》しだされたのは、男性が首をつって亡《な》くなる瞬間《しゅんかん》の映像《えいぞう》だった。

直後に女の子の家は没落《ぼつらく》して、両親もそろって首をつって自殺。

ひとり残った彼女《かのじょ》は、近所に住む一家に救われ、その家の家政婦として働きだす。

その家には、両親とふたりの子どもがいる。彼女《かのじょ》は家政婦でありながら、家族以上のあつかいを受けて、専用《せんよう》の部屋が与《あた》えられている。

そこから歳月《さいげつ》は流れ、いつしか彼女《かのじょ》の髪《かみ》は真っ白になっていた。

そしてある日、急病にたおれ、そのままあっけない最期《さいご》を遂《と》げた。

ほんの短時間に、これだけの情報量をたたきこまれたわたしの頭は、割《わ》れんばかりにがんがん鳴りひびいていた。

「中ちゃん！　どうした、だいじょうぶ⁇」

荒川《あらかわ》の声で我《われ》に返ったわたしは、たったいま見たものすべてを、包みかくさず荒川《あらかわ》とおふくろさんに伝えた。

わたしの話が終わったとたん、おふくろさんは両手で顔をおおい、わんわんと声をあげて泣きくずれた。

荒川《あらかわ》に介抱《かいほう》され、落ちつきを取りもどすと、おふくろさんは重い口を開いた。

「中村さん。本当に……本当にそんなものが見えたのですね。あなたがおっしゃったこと、細かいところまで、すべて事実です」

おどろいた荒川《あらかわ》は、母親の両肩《りょうかた》をつかんでいった。

「なんだよおふくろ！　聞いてないぞ、そんな話！　その女性って、キミさんのことだよな？　うちにいたキミさんのことだよな、おふくろ！」

荒川《あらかわ》の激《はげ》しい問いかけにも、おふくろさんはただ首を縦《たて》にふるだけ。

しばらく涙《なみだ》をぬぐっていたが、おふくろさんはようやく続きを話しだした。

「それは、うちにいたキミさんという、お手伝いさんのことにちがいありません。

彼女《かのじょ》の家は、以前わたしたちが住んでいた町内にあって、それはそれは大きなお屋敷《やしき》でした。

その家にはあと取りがいないということで、キミさんはおむこさんをもらいました。

その仲人《なこうど》は、うちが引きうけたのです。

ところが、それからしばらくして、近所に賭博《とばく》場が開かれて、うちの夫がそこにおむこさんを、連れていくようになったんです。

最初は小さなお金でした。

でも回が増すごとに金額は大きくなり、しだいにおむこさんに、借金がおおいかぶさるようになりました。借金はどんどんふくれあがり、とうとうおむこさんは、料亭《りょうてい》のお金に手をつけてしまいました。

それを大だんな様から激《はげ》しくとがめられた晩《ばん》、首をつってみずから命を絶ちました……」

「そんな……そんなことがあったなんて……」

荒川《あらかわ》は絶句して、それだけいうのがやっとだった。

「その話はまたたく間に世間に広まり、料亭《りょうてい》も倒産《とうさん》しました。ほどなくして、キミさんの両親も首をつって亡《な》くなりました。直後に彼女《かのじょ》をうちで引きとったのも、おそらく夫に良心の呵責《かしゃく》があったからだと思います」

「でも、お母さん。キミさんはその後、荒川《あらかわ》家に入って、幸せに暮《く》らしたんですよね？」

わたしは、気になっていることをたずねた。

「わたしはそう思いたいです。そう思うからこそ、彼女《かのじょ》の骨《ほね》を、うちの……荒川《あらかわ》のお墓に埋葬《まいそう》したんですから」

「ですから、キミさんのお骨《こつ》を、荒川《あらかわ》のお墓に……」

「え！　ちょっ、ちょっと待ってください！　い、いまなんて？」

「だめですよ、そんなことしちゃ！」

今度はわたしが絶句する番だった。

「え？　だって彼女《かのじょ》の家は絶えてるし、他《ほか》に身寄りはないというので……」

「そのキミさんのお骨《こつ》を埋葬《まいそう》したのはいつですか？」

「確か……この子が、中学を卒業するころでしたね」

荒川《あらかわ》から聞いた話と合致《がっち》する。

キミさんを埋葬《まいそう》した直後から、周囲で首つり自殺が頻発《ひんぱつ》しだしたのだ。

そして荒川《あらかわ》の父親も……。

「お母さん、本人をまえにして失礼かもしれませんが、ちょっと聞きにくいことを聞きますよ。荒川《あらかわ》くんの顔の麻痺《まひ》はいつごろからですか？」

母親はしばらく考えたあと、荒川《あらかわ》に向かっていった。

「そう、そういえば、それもそのころ、突然発症《とつぜんはっしょう》したのよね？」

ひとつひとつパーツがつながっていく。

わたしは続けて、おふくろさんにたずねた。

「ではもうひとつ。まえに住まわれていた近隣《きんりん》で亡《な》くなった人たちって、もしかすると、全員、キミさんのだんなさんのばくち仲間だったのでは？」

「その通りです。仲間というよりも、いってみれば、あの人たちがキミさんのだんなさんをあおったんです。だんなさんは、なんどもやめようとしたのに、半強制的に抜《ぬ》けられないようにしたのは、彼《かれ》らだったと聞きました」

わたしはキミさんの真意を理解した。

キミさんの人生後半は、荒川家《あらかわけ》で確かにうるおいもあったかもしれない。

でも彼女《かのじょ》は、自分の家族をおとしめ、没落《ぼつらく》させた者たちを、決して許してはいなかったのだ。

埋葬《まいそう》された直後、彼女《かのじょ》が封《ふう》じこめていた、ふんまんやるかたない思いが爆発《ばくはつ》して、具現化したのだろう。

「わたしのすべてをうばっておきながら、見ず知らずの人の骨《ほね》といっしょにするのか！　わたしには墓も与《あた》えないのか！」

そういうアピールだったにちがいない。

後日、調べたところ、遺骨《いこつ》は荒川家《あらかわけ》の墓内に散骨《さんこつ》してしまっているため、いまとなっては、どれがキミさんのものかは判別不能となっていた。

菩提寺《ぼだいじ》に事情をしっかりと伝え、しかるべき供養《くよう》をほどこしたところ、荒川《あらかわ》の顔面麻痺《まひ》も、おふくろさんの心臓疾患《しんぞうしっかん》もたちどころに回復した。

青《お》梅《うめ》の神様

「怖《こわ》い話をお仕事にされていて、体調によくない影響《えいきょう》が出たりしませんか？」

日本全国での怪談《かいだん》講演や執筆《しっぴつ》が、わたしの仕事の主立ったところ。

そのため、ときおりファンの方から、こんな質問を寄せられることがある。

「ありがたいことに、いままでなにも、思いあたることはないんですよねー」

わたしはその質問に、ずっとそう答えてきた。

だが、いまから七年まえの夏を境に、そう答えることはなくなった。


その夏、東京都青梅《おうめ》市で、ある怪談《かいだん》イベントが開催《かいさい》された。

明治のころ、怪談《かいだん》作家として著名《ちょめい》な小泉八雲《こいずみやくも》（ラフカディオ・ハーン）が、この地に長く逗《とう》留《りゅう》した折、地元の農民から聞かされた話をまとめた。

それが「雪女」や「耳なし芳一《ほういち》」などを収《おさ》めた『怪談《かいだん》』(Kwaidan)である。

青梅《おうめ》には、八雲《やくも》の記した話の他《ほか》にも、さまざまな妖怪《ようかい》や幽霊《ゆうれい》などの伝承が残る。

それらをツールに町おこししようという機運が高まり、この怪談《かいだん》イベントを開催《かいさい》する運びとなった。

青梅《おうめ》は古くからの町並《まちな》みがいまでも残り、車一台がやっと通れるようなせまい路地も、山ほど残っている。

その町をそっくり〝お化け屋敷《やしき》〟にしてしまおうというのが、イベントの趣旨《しゅし》のひとつで、朝から大勢のスタッフが町中を走りまわり、用意を進めていた。

わたしの役割《やくわり》は、〝集まったお客さんたちに恐怖《きょうふ》を植えつける〟というもの。

町の中央に位置する神社の境内《けいだい》に、参加者を集め、そこでわたしがこわ～い話を披露《ひろう》する。

そのあとで少人数のグループにわかれて、設定したコースを順に回ってもらうという趣向《しゅこう》だった。

表通りに面しているその神社には、大きな石造りの鳥居があり、それをくぐるとかなり広い参道がのびている。

参道を進むと、本社へ上るための長い石段《いしだん》にたどりつくのだが、その石段《いしだん》の手前には、舞台《ぶたい》に似た平らな箇所《かしょ》があった。

わたしはその〝舞台《ぶたい》〟に、演台とろうそく、灯籠《とうろう》を置いて陣取《じんど》り、本社を背《せ》に集まった参加者に向かって怪談《かいだん》を語るのだ。


いよいよ語りがスタートした。

参加者の恐怖《きょうふ》心をあおるのにちょうどいい、一話二十分ほどの話をする。

話が佳境《かきょう》に入り、あと少しで終演……というところまできたときだった。


ゴオオオオオオオオオオオッ!!

突然《とつぜん》わたしの真うしろに位置する石段《いしだん》から、一陣《いちじん》の風が吹《ふ》いてきたかと思うと、わきに置いた灯籠《とうろう》と、演台に置いたろうそくの炎《ほのお》とを吹《ふ》きけしてしまった。

そばにいたスタッフがあわてて飛んできて、その両方に火を灯《とも》そうと試みた。

ところが灯籠《とうろう》はかんたんに点《つ》いたものの、演台のろうそくが、どうしても点《つ》いてくれない。

あまり話の中断が長引くと、参加者がしらけてしまう。

「ありがとう、もういいよ。このまま行こう」

わたしはスタッフにそう指示して、話の残り部分を語りだした。

ところが……。

話を再開してすぐ、わたしは場内の雰囲気《ふんいき》が、先ほどと変わっていることに気づいた。

それまではみんな無言で、真剣《しんけん》なまなざしでじっと聞きいっていたのだが、風が吹《ふ》いたあとから、前方にいる数名の人たちが、妙《みょう》にざわついている。

なんとか話をしめくくり、わたしもお化け屋敷《やしき》の設定場所へ向かうため、舞台《ぶたい》から下りかけると、ひとりの女性が近づいてきてこんなことをいった。

「あの……だいじょうぶでしたか？　さっきの……あれ」

それを聞いたわたしは、てっきり突風《とっぷう》でろうそくが消えてしまったアクシデントを指しているのだと思い、こう返した。

「ああ、なんだかすごい風でしたね！　びっくりしましたよ」

ふとうしろの方に視線《しせん》をやると、わたしとその女性とのやりとりを、数人の参加者が遠巻《とおま》きに見ている。

女性はまじまじとわたしの顔を見ながらいった。

「ああ、中村さん……やはり気づかれてないんですね。さっき火が消えたあれ……風なんかじゃないですよ」

「風じゃない？　どういうことです？」

おどろいて、わたしは思わず大きな声で聞きかえした。

「わたし、あのことが起きるまえから、気づいてたんです。あの……女の人のこと」

「えっ、女？　ど、どこに女の人なんか？」

「話が佳境《かきょう》に入って少ししたあたりで、中村さんのうしろにある石段《いしだん》に、なにかこう白いものが見えかくれしだしたんです。わたしが、なんだろうと思って見ていると……あの石段《いしだん》を、よつんばいになって下りてくる女の人だってわかりました」

彼女《かのじょ》がそういったとたん、うしろでじっと話を聞いていた数人が、こちらにかけよってきた。

「中村さんっ！　それ、ぼくも見ました！」

「わたしも見ました！」

みんな、くちぐちに同じことをいった。

わたしは思わずたずねた。

「そ、そ、その女の人、それからどうなったんです？」

「そろりそろりと中村さんの背後《はいご》に近づいて、あの風と共にザザザッと中村さんの横まできて、演台の上にあったろうそくに『フッ！』と息をふきかけて消したんですよ！」

かけよってきた男性が説明した。

「……うそ……」

「中村さん、うそじゃないです」

その男性がそういうのを、先ほどの女性が、「うんうん」とうなずきながら聞いていた。

わたしは予想もしなかった話に、その場は途方《とほう》に暮《く》れるしかなかったが、なんとかそのあとの予定を終えた。

スタッフとあいさつを交《か》わし、帰路につこうと自分の車へ歩きだした、そのときだった。

ピーポーピーポーピーポーピーポー
遠くから聞こえてきた救急車のサイレンが、まっすぐにこちらへと向かってくる。

近くで事故でもあったのかと見ていると、救急車はこの会場の目のまえで停車した。

（いったいなにが……？）

救急車から降《お》りてきたふたりの救急隊員は、ストレッチャーを出すと、急ぎ足で一軒《いっけん》の建物へと入っていった。

そこは、このイベントの主催《しゅさい》者の自宅《じたく》だった。

わたしはあわてて救急隊員のあとを追い、いったいなにが起こっているのかを確かめた。

いままさに、主催《しゅさい》者の男性がストレッチャーに乗せられようとしている。

「だいじょうぶですか!?　なにがあったんです？」

わたしがたずねると、そばにいた主催《しゅさい》者のおくさんが説明してくれた。

目には涙《なみだ》をためている。

「イベントが終わって、うちの人、いったん家に帰ってきたんです。

『みずをくれ』というので、わたしがコップに入れた水をわたすと、それをにぎることなく、すとんと床《ゆか》に落としたんです。

どうしたのかと顔を見ると、一点を見つめたまま動かないので、『どうしたの？』といって肩《かた》をゆさぶったら、そのままうしろへたおれました」

主催《しゅさい》者の男性は脳溢血《のういっけつ》を起こしていて、救急搬送《はんそう》された病院に、そのまま入院することになった。

なんともあと味の悪いこととなってしまったが、その日はそのまま、それぞれが帰路につくことを決め、その場で散会した。

車に乗りこんだわたしは、そこからおよそ三十分ほどの距離《きょり》にある、自宅《じたく》へと向かって走りだした。

ほんの数キロ行ったあたりで信号に引っかかり、車内に残してあったお茶を飲もうとキャップを開け、口をつけてのどへ流しこんだ。

「ん？　なんだ、これ？」

お茶がのどを通っていくとき違和感《いわ》を覚えた。

のどが痛《いた》い。

それも、以前なんどか味わったことのあるいやな痛《いた》みだ。

わたしは子どものころから、よく扁桃腺《へんとうせん》をはらして医者にかかった。

これがはれると、とんでもない高熱が出る上、しばらくは痛《いた》くて、ものを飲みこめなくなってしまう。

わたしはルームミラーを使ってのどのおくを見ようと思ったが、車内が暗くてよく確認《かくにん》できない。

でもこれは、確実に扁桃腺《へんとうせん》独特の痛《いた》み方だった。たぶん翌日《よくじつ》から訪《おとず》れるだろう闘病《とうびょう》生活を想像して、わたしのテンションは、ガラガラと音を立てて下がっていった。

その日は大事を取って早寝《はやね》し、翌朝《よくあさ》から発熱することを予想して準備を整えた。

ところが……。

翌日《よくじつ》になっても、一向に熱は上がらず、体調にもいっさい変化はない。

ただただ、のどが痛《いた》むだけ。

鏡でのどをのぞくと、左右にある扁桃腺《へんとうせん》が、真っ赤になってはれあがっているのが見てとれる。なのに平熱のままなのだ。

こんな経験は初めてだった。

正直どうしていいのかわからず、生まれもって病院ぎらいのわたしは、いろいろ市販《しはん》薬などを買いこんでみた。

なんとか自力で治してやろうと試みるが、なにを使おうが、いっさい効果がない。

(まいったな。今日でちょうど一週間か……。いよいよ医者に行かなきゃだめかもな)

いよいよ年貢《ねんぐ》の納《おさ》めどきとばかりに、わたしは保険証を持つと、同じ車の趣味《しゅみ》を持つ友人がやっているなじみの医院へ向かった。

友人は、わたしののどを診《み》るなりどなった。

「な――――んでこんなになるまでこないんだよ！」

「な――――じゃねえよ、きらいなんだよ病院が」

はたから聞けばアホな問答だと思うが、わたしは真剣《しんけん》だった。

「おまえな、これは心臓《しんぞう》にいくことだってあるんだからな！　なめてかかってると命取りだぞ。

とにかく薬出しとくから、それ飲んでようす見てろ。

……ったく」

ところが、出された薬をまじめに飲んでようすを見ても、一向によくなる気配がない。

かといって、それ以上、悪化することもなかったが、わたしは二度三度と友人の病院を訪《おとず》れなければならなかった。

それでものどの痛《いた》みは消えず、通院すること四回目。

友人の口から、思ってもみない言葉が投げかけられた。

「なんで治らんかな、もう！　おまえさ、なんか悪いことでもしたんじゃないの？」

「な、なんだよ、悪いことって？」

「神様のお社に立ちしょんするとかよ。それはないか、わはははは！」

それを聞いた瞬間《しゅんかん》、わたしははっとした。

青梅《おうめ》での、あのイベントのようすが頭をめぐったのだ。

「あっ!!」

「な、なんだよびっくりするな！」

「ありがとう！　おまえは名医だ！」

わたしは友人の病院を飛びだすと、青梅《おうめ》に向かって車を走らせた。

わたしののど……扁桃腺《へんとうせん》をはらしているのは、だれあろう神様の意思だと気づいたからだ。


あの日、わたしは神社で怪談《かいだん》を語った。

にもかかわらず、イベントのまえにもあとにも、まつられた神様にいっさいあいさつをしていなかったのだ。

しかも、あのときわたしが陣取《じんど》っていたのは、参道のど真ん中。それも、神様におしりを向けるかっこうで演台を設置していた。

参道の真ん中というのは、神様の通られる場所であり、参詣《さんけい》する折には、その両はしを歩くのが常識とされている。

なぜそのことに気づかなかったのか、なぜそんな失礼をしてしまったのかと、わたしは自分で自分の頭を小づいてやりたい衝動《しょうどう》にかられていた。

神社に到着《とうちゃく》したわたしは、中央の長い石段《いしだん》をかけあがった。

息せき切ってかけあがり、なんとか中ほどまできたときだった。

境内《けいだい》から笙《しょう》、鉦《かね》、笛、太鼓《たいこ》といった、美しい雅楽《ががく》の音が聞こえてきた。

息もたえだえになりながら境内《けいだい》にたどりつくと、右側に設置された神楽殿《かぐらでん》に、数人の人影《ひとかげ》が動いているのが見えた。

(この時季にお神楽《かぐら》とはめずらしいな……)

そう思いながら、わたしは神様のまえに進みでて、ふかぶかと頭を下げ、あの日の無礼を、心の底から謝罪した。

そのとたん、背後《はいご》から聞こえていた雅楽《ががく》の音、中でも特に笙《しょう》の音色が、ひときわさえわたったように感じ、思わずわたしはふりかえった。

だが、そこにはだれひとりおらず、神楽殿《かぐらでん》もシーンと静まりかえったままだったのだ。

その翌日《よくじつ》から、わたしののどは急激《きゅうげき》に回復しはじめ、ものの三日もたつと、扁桃腺《へんとうせん》のはれはなくなり、それまでの苦しみがうそのように、すっかり治ってしまった。

イベント当日にたおれた主催《しゅさい》者の男性も、その後の経過は良好で、いまでは元どおり元気になられている。

二本のミサンガ

2011年3月11日。

死者・行方《ゆくえ》不明者・負傷《ふしょう》者合わせると25000人をこえる、みぞうの大災害となった東日本大震災《だいしんさい》。

当時、わたしは、怪談《かいだん》番組のネットラジオを定期配信していた。

わたしたち出演者も大きな衝撃《しょうげき》と悲しみに打ちのめされ、しばらく放送はひかえようかという声があがっていた。

たくさんの人が亡《な》くなっているのに、このタイミングで怪談《かいだん》番組を配信するのはいかがなものだろうか……。わたしもふくめて、だれもがそう思っていた。

でもわたしたちは、結果として配信をやめることはしなかった。

それまで番組を聞いていてくださった、たくさんのリスナーの方々から、「放送をやめないでください」「いままで通りでいいじゃない」という意見が殺到《さっとう》。

中には災害にあわれた方からも同じご意見を、たくさんいただいたからだ。

そして、震災《しんさい》発生から数か月たったある日、わたしたちが配信を続けたことはまちがっていなかったと実感した。

わたしのＳＮＳにこんなメッセージが届《とど》いたのだ。


「ファンキーさん、初めまして。

わたしは、今回の地震《じしん》で津波《つなみ》被害《ひがい》のあった地方に住む、ひとりのリスナーです。

わたしたちはいま、必死にもがいています。

でもそれは、苦しくてつらくて身をよじっているのではなく、一日も早くふだんの生活にもどれるよう努力しているというもがきなのです。

国内外からたくさんの支援《しえん》物資や寄付金をいただき、わたしが経営していたコンビニも、先日ようやくプレハブですが、仮店舗《てんぽ》で営業を再開しました。

そのマガジンコーナーには、整然と『怪談《かいだん》』や『怖《こわ》い話』が並《なら》び、お客様もあたりまえのように買っていかれます。

わたしたち災害被災《ひさい》者の心をくみとり、お気づかいいただくのは本当にありがたいことです。ですがそれが過剰《かじょう》になり、真綿で包むような対応をされると、わたしたちはかえってとまどってしまうのです。

そろそろ、そういうのは、もうかんべんしてもらいたいな……というのが正直な思いなんです」

これを見たわたしたちは、甚大《じんだい》な津波被害《つなみひがい》のあったある地域《ちいき》で、怪談《かいだん》ライブを行う決断をする。震災《しんさい》発生から約一年がたっていた。

怪談《かいだん》ライブの会場に選んだのは、震災《しんさい》が発生するまえからライブ開催《かいさい》の要望をいただいていたライブハウス。

いまライブを開催《かいさい》するなら、このお店がもっともふさわしいと判断したのだ。

「本日はよろしくお願いします」

「こちらこそ！　すばらしい会にしましょう！」

と、誠実《せいじつ》そうなオーナーさんが、屈託《くったく》のない笑顔《えがお》でわたしたちを出むかえてくれた。

当日は、わたしたちの怪談《かいだん》ライブのパートと、音楽のパートで進行する予定だった。

怪談《かいだん》メンバーとバンドメンバーで、それぞれ照明や音響《おんきょう》などの打ちあわせ、リハーサルをこなす。

リハはとんとんとスムーズに進み、本番まで少し時間ができた。

ゆっくりと店内を見てまわる。

かべにはそこで開催《かいさい》された、さまざまな音楽ライブのポスターがはってあった。

大きく作られたカウンターにスロットマシーン、そしてピンボールなんかも置かれ、古きよき昭和の雰囲気《ふんいき》がただよう店だった。

わたしはふと、あるものに目がとまった。

縦横《たてよこ》80センチほどのボードに、色とりどりの輪がかけられている。

近くへ行ってよく見ると、そのすべてがミサンガであることに気づいた。

細いものや太いもの、きらびやかないろどりのものから、シックな色合いのものまで、さまざまなミサンガが、ボードにねじこまれたフックにかけられている。

（そういえば、うちの娘《むすめ》がこんなのつけてたっけ……）

そう思ったわたしは、たくさんある中から、かわいらしいものを二本引きぬき、オーナーのところへ持っていった。

「オーナー、このミサンガ買っていきます。娘《むすめ》へのおみやげに……」

わたしがそういって差しだすと、オーナーは一瞬《いっしゅん》おどろいた表情になり、そして眉間《みけん》にしわを寄せると、メガネを取って目頭《めがしら》をおさえた。

「どうしたんです、オーナー！」

わたしがそういうのと同時に、オーナーはカウンターの外へ出てきて、わたしの肩《かた》をポンポンとたたいた。

そして、そこにあったいすに腰《こし》かけると、大きく息を吸《す》いこんで話しはじめた。

「ファンキーさん、実はね。

そこにあるミサンガは、みんなこの辺のおくさんたちによる手作りなんですよ。

去年うちの店から、あなたにライブの依頼《いらい》を出したでしょう？

あれはね、ある女性のお客さんから要望があったのが、きっかけなんです。

忘《わす》れもしませんよ、あの日のことは……。

彼女《かのじょ》は常連さんでね、ある日、興奮《こうふん》気味にわたしにいったんです。

『マスター！　ぜひともここで開催《かいさい》してほしいライブがあるの！』ってね。

だからわたしは『だれ、どんな曲をやる人なの？』と聞きかえしました。

すると彼女《かのじょ》は大きく首を横にふって、『音楽じゃないの！　怪談《かいだん》なのよ！』っていうじゃありませんか。

わたし、びっくりしちゃってね。

思わず『怪談《かいだん》のライブ？　そんなものがあるの？』って聞いちゃいましたよ。

そこから彼女《かのじょ》はせきを切ったように、怪談《かいだん》ライブのことを語りだしましてね。すっかり彼女《かのじょ》の説得に、はまっちゃいましたよ。

店でも相談して、おもしろいんじゃないかということになり、すぐファンキーさんに依頼《いらい》したというわけです。

結局、震災《しんさい》があり、実現までに一年を要してしまいましたが……」

わたしは、うなずきながらオーナーの話を聞いていた。

「なるほど、そういうことでしたか。

ですがオーナー、それとこのミサンガが、どうつながってくるんですか……」

「その女性が作ったんです」

「えっ？」

にわかにオーナーがなにをいっているのかわからず、思わずわたしは聞きかえした。

「その二本のミサンガは、その女性が作ったんです」

「えっそうなんですか？　なんという奇遇《きぐう》でしょうね。

では、直接その方から買わせてもらった方が、喜んでもらえるかな」

「ファンキーさん、それは……無理なんです」

「ありゃりゃ、もしかして今日はこられないんですか？」

「彼女《かのじょ》は……津波《つなみ》で亡《な》くなりました。

彼女《かのじょ》が残したのは……その二本のミサンガだけなんです」

ミサンガは、なん十という数がかけられていた。

その中に、たった二本だけ、彼女《かのじょ》が作ったミサンガがあった。わたしは、その二本を選びだしたというのだ。

これを偶然《ぐうぜん》でかたづけてしまうのは、あまりに乱暴《らんぼう》な気がしてならなかった。

その後、開演したライブ。

わたしは、最前列の真ん中に、彼女《かのじょ》のための一席を空け、そこにわたしが選んだ二本のミサンガを置いた。

そこに一瞬《いっしゅん》、にこにこと微笑《ほほえ》む彼女《かのじょ》の姿《すがた》を見た気がした。

長い髪《かみ》の女

わたしが中学生のころの話だ。

当時わたしのクラスに、細川という気さくな男がいた。

細川の家は、わたしの家とは逆方向だったが、彼《かれ》の家が学校から近いこともあって、たがいによく行き来する仲だった。

しばらく付きあううちに、わたしは細川の弱点ともいえるポイントを発見した。

それは、〝女子の長い髪《かみ》〟。

ふつうに長い髪《かみ》をまとめていれば問題ないのだが、髪《かみ》をしばりなおすようなときに、うしろ髪《がみ》を一気に顔のまえに持ってくる〝あれ〟。あれが細川の弱点だった。

クラスの中でだれかがそんな仕草を始めると、細川はあわてふためいた感じになり、その場からにげだそうとするほどだった。

周囲からは、細川のそのようすが逆におもしろく受けとられ、よく髪《かみ》の長い女子にからかわれるのを、わたしはにやにやしながらながめていた。

しかし「やめろやめろ」とにげまわる当の細川は、ちっとも笑っておらず、本気で怖《こわ》がっているようだった。

その細川のようすに、わたしはいつのころからか、〝引っかかり〟を感じるようになっていった。


その日も、わたしは学校帰りに細川の家を訪《たず》ねた。

二階にある彼《かれ》の部屋でジュースをごちそうになりながら、はやりの歌や、タレントの話などに花を咲《さ》かせていた。

細川の家はラーメン屋を営んでいて、両親とも深夜にならないと帰宅《きたく》しないため、日中はいつも彼《かれ》がひとりで留守番していた。

ふと会話がとぎれたとき、わたしは、ここ最近、自分の中に引っかかっていた疑問《ぎもん》を、本人にぶつけてみようと思いたった。

いま思えばくだらないことかもしれないが、そこそこやんちゃな彼《かれ》が、たかだか女子の髪《かみ》の毛くらいで、あんなに真剣《しんけん》になってにげまわるというのが、わたしにはどうしても理解できなかったのだ。

「細川さ、ちょっと聞きたいことがあるんだけどな」

わたしがそう切りだしたとたん、細川もなにかを察したらしく、急に下を向いてだまりこくってしまった。

そのようすにただならぬものを感じたわたしは、努めて陽気に、じょうだんまで交えて細川に〝疑問《ぎもん》〟を伝えた。

「もしかしておまえさ、あんな風に怖《こわ》がったふりなんかして、女子の気を引こうとしてんじゃないのか？」

すると細川は小さなため息をつきながらいった。

「ちがうよばか。本当にきらいなんだって……」

そういうなり、細川はふたたび下を向いてしまった。

ふだんは見せない細川のそんなようすに、わたしの中にある〝疑問《ぎもん》〟と〝興味の虫〟がさわぎだし、ますます真相を聞きたいという思いがふくらんだ。

「おれとおまえの仲だろ？　なにがあるのか知らねえけど、別にかくすことねえじゃねえか」

わたしは、さらに深い部分をえぐるように問いつめた。

最初はただただ首を横にふるだけの細川だったが、わたしのしつこさにあきらめがついたのか、一瞬《いっしゅん》上目づかいでわたしをにらんだあと、ぽつりぽつりと真相を話しだした。

しかし、それを聞きおえたわたしの正直な感想は、〝聞かなきゃよかった……〟であった。

いちじるしい後悔《こうかい》の念で満たされ、時間がたつにつれ、その感情は波紋《はもん》のように広がった。

「あれは確か……小学五年のときだったと思う。

その日は両親のラーメン屋が休みで、昼から親に連れられて、街へ買い物に出てたんだ。

大きな道路をわたるのに、母親がおれの手をひいて、横断歩道をわたってた。

キキキキーッ!!　……ドシッゴツンッ!!

って、おれたちが歩いているすぐうしろから、激《はげ》しいスリップ音が聞こえてさ。

さらに、なにかが衝突《しょうとつ》するようなにぶい音がひびいたんだ。

おどろいてうしろをふりかえるとな、おれたちのすぐうしろを歩いていた女の人が、信号無視《むし》してきた車にはねられて、ぐるぐる回りながら空中高くはねあがった瞬間《しゅんかん》だった。

その人をはねた車は、そりゃあすごいスピードで、空中高く飛びあがった女の人の下をくぐる形で、そのままどこかへ走りさってしまったんだ。

その直後に女の人は落ちてきて、ゴシャゴシャッって音がして、激《はげ》しくコンクリートの道路にたたきつけられた。

おれも両親も、その場に固まって声も出ないし、ただそのようすを見ていることしかできなかったよ。

そういう場面ってさ、ドラマなんかだとすぐにかけよっていって、『だいじょうぶですか！しっかりしてください！』なんてやるだろう？

でも、実際に目のまえであんなことが起こると、本当になにもできないもんなんだな」

だが細川にとっての悲劇《ひげき》は、ここからだった。

あれだけの勢いで車にはねられ、その上地面にも激《はげ》しくたたきつけられたその女性が、呆然《ぼうぜん》と立ちつくす細川親子めがけて、バタバタバタバタッとはってきたというのだ。

「そのときの女の人の髪型《かみがた》がぐしゃぐしゃになってて、うしろ髪《がみ》が全部まえにきてたんだ。その髪《かみ》の毛のせいで、顔かたちも表情もわからなかったけど、ジャブジャブと音を立てて、すごい量の血を流しながら、こっちに向かってはってくるんだ。

その後は、周囲から人がかけよってきて、救急車もきて、搬送《はんそう》されていったんだけど、結局、病院で亡《な》くなったと、新聞記事で知ったよ。

あれは……本当にたまらなかった」

わたしはずっとだまって、細川の話を聞いていたが、その情景を思いうかべ、心底ぞっとしていたのをいまでも覚えている。

ところがだ……。

細川の話は、これで終わりではなかった。

「でもな中村。

おれが女子の長い髪《かみ》の毛をきらう本当の理由は、そこじゃないんだ……」


その事故を目撃《もくげき》して、数日が経過したころのことだった。

いつものように細川は、真夜中に帰ってくる両親を待ちながら、ひとりで留守番をしていた。

すると突然階段《とつぜんかいだん》の下の方から、聞きなれない音がしていることに気づいた。

細川の部屋へ続く階段《かいだん》は玄関《げんかん》のすぐ横にあり、なん段《だん》か上って左へ折れ、そこからまっすぐ上って、最後にもう一度左へ折れてドアがある。つまり上から見れば、ゆるいCの字を描《えが》いた形になっている。

階段《かいだん》の上りはじめにあたる下の段《だん》は、少し広くなっていて、そのあたりの板を手のひらでペタペタやっている……そんな感じの音がしてきたという。

最初は親が帰ってきたのかとも考えたが、両親が帰ってくれば、家のまえに車を止める音がするはず。

細川はいったいなにが鳴ってるんだろうと思い、なんのためらいもなく部屋のドアを開けた。

なんの気なしに階段《かいだん》をのぞくと、下の暗闇《くらやみ》になにかがうずくまっている。

（なんだろう？）
不思議に思った細川は、手元にあった電気のスイッチを入れた。
その瞬間《しゅんかん》、それがなんであるか、細川にはすぐにわかった。
（あっ！　あのときの女の人だ！）
そう思った次の瞬間《しゅんかん》！

バタバタバタバタッ

あのときと同じ音を立てながら、ものすごい勢いで、女は階段《かいだん》をはいあがってきた。
あわててドアを閉《し》め、細川はそのままその場で気を失った。

おそろしい話だ。
おそろしい話だが、これにはちょっと気になるポイントがある。
それは、よくこの手の話に出てくる〝気を失った〟という部分。

偏屈《へんくつ》なことをいうようだが、人間はそうそうかんたんに、失神するものではない。

これは子どものころから持っている、わたしの持論《じろん》でもある。

なぜなら、わたしは過去に実にさまざまな怪異《かいい》を経験しているが、一度たりとも、〝失神〟して結末をむかえたことがないのだ。

だから細川が語ったこの話も、この時点では、わたしは半信半疑《はんしんはんぎ》でいた。

しかし最後に彼《かれ》が口にしたひとことが、わたしの中にあった疑《うたが》いを完全に払拭《ふっしょく》した。

「すごくはずかしいんだけどな、おれ、そのとき……おしっこもらしてたんだよ」

青山墓地

友人の秋山から、数年まえこんな話を聞かされた。

彼《かれ》の家は、代々栄えた名家で、いまも都内に大きなお屋敷《やしき》を構えて暮《く》らしている。

秋山一族の墓所は、東京の港区に古くからある青山霊園《れいえん》、通称《つうしょう》〝青山墓地〟。

広大な敷地《しきち》の中にたくさんの著名人《ちょめいじん》が眠《ねむ》っており、ハチ公とその飼い主だった上野博士の墓もある。

あまりにも広くて、一度訪《おとず》れただけでは、目指す墓がなかなか見つからず、墓参りもおいそれとはいかない。ましてやそれが、地方からきた人となるとなおさらだった。

あるとき、秋山のもとに、久しく顔を見ない栃木《とちぎ》の親類から電話が入った。

近縁《きんえん》の者の命日が近く、墓参に行きたいが、その墓は青山霊園《れいえん》にある秋山家の墓所内にあるという。

右も左もわからないので、ぜひとも案内してくれないかという依頼《いらい》だった。

（ああそういえば、うちの墓所の敷地《しきち》内に、いくつかの墓があったなぁ）

話を聞きながら、秋山はそんなことを思いだしていた。

その親類は、墓がどこにあるか以前に、青山霊園《れいえん》がどこにあるかさえわからないというので、その場で秋山が電話でくわしい道のりを説明し、いくつかある霊園《れいえん》の入り口で、待ちあわせることにした。

約束の日。

ひさしぶりに出る東京での予定をこなさないといけない親類が、霊園《れいえん》に着くのは午後八時をまわるという。秋山は時間より早めに到着《とうちゃく》して、ひさびさに会う親類たちの到着《とうちゃく》を待っていた。

しかし予定の時間を過ぎても、一向にくる気配がない。

秋山は超《ちょう》が付くほどのせっかちな男。時間にはなおのことうるさい。

（慣れない道をやってくるんだから……きっと電車の乗りつぎで苦労してるんだろう……）

といろいろ思ってはみても、二十分を過ぎ、三十分を過ぎたころには、がまんの限界をこえていた。

「ああ～もうっおそいっ！

こんなところでいつまでも立ってたら、それこそ幽霊《ゆうれい》とまちがわれちまう。

だいたい、墓参り行くってのに夜八時ってなんだよ！」

ひとりごちて、秋山は一瞬《いっしゅん》、帰ってしまおうかとも考えた。

（せっかくここまできたんだから、ちょっと先祖の墓に手を合わせてから帰るか……）

そう思いなおすと、秋山はすっかり暗くなった霊園《れいえん》の中へ足をふみいれた。

ふと気づくと、それまで出ていた月はすっぽりと雲におおわれ、一転してまるでいまにも泣きだしそうな雲行きになっている。

（あっちゃ～！　こりゃ降《ふ》ってくるな。墓場で雨にぬれるなんて、それこそしゃれにもならないよ。とっととお参りすませて帰ろっと……）

自分で買ってきた花と線香《せんこう》をにぎりしめ、記憶《きおく》をたどって、秋山家の墓へと近づいていく。

いくつかの角を曲がると、見覚えのある一角に到達《とうたつ》した。

秋山家の墓所には門扉《もんぴ》がついていた。

とびらを開けて、その敷地《しきち》内に足をふみいれる。

両わきに立つ、立派《りっぱ》な作りの石灯籠《いしどうろう》の中をのぞくと、まだ大きめのろうそくが残っている。

ろうそくに火をつけると、ぽっと周りが少しだけ明るくなった。

墓を見回すと、古くなった花や供物《くもつ》など、お盆《ぼん》の名残《なごり》がそのままになっていた。

秋山は持っていたレジぶくろにそれらを放《ほう》りこむと、花と線香《せんこう》を供《そな》え、手を合わせた。

「お盆《ぼん》にはちゃんときたから、今日のところはこんなんでかんべんしてな……」

墓に向かってそういうと、秋山は立ちあがって秋山家の墓所から出た。

路上駐車《ちゅうしゃ》している自分の車が気になったが、ちょっと一服したいと思い、そこで秋山は立ちどまった。

ポケットをまさぐり、くしゃくしゃになった箱から、タバコを一本取りだして口にくわえる。

反対のポケットからライターを出した。

くわえているタバコの先に火をつけ、ふたたびライターをポケットにしまおうとしたときだった。

「あのぉ……火ぃ……お借りできませんかね」

出しぬけに背後《はいご》からそう声をかけられて、秋山は頭から冷や水をかけられたように飛びあがった。

ここはなんといっても夜の墓地。当然といえば当然だろう。

「うわあ、びっくりしたなぁ！」

ふりむきざまに、なかば声をかけた人にあてつけるようにいうと、秋山はしまいかけたライターをさしだした。

（こんな時間に、ホームレスだろうか？）

一瞬《いっしゅん》、そう考えたが、遠くにある街灯から届《とど》くうす明かりの中、その男の服装《ふくそう》を見て、秋山は合点《がてん》がいった。

全体に汚《よご》れた感じの作業服と、小さなつばのついたぼうしをかぶっている。

（霊園《れいえん》を整備する人か……。ようやく作業が終わったんだな……）

そう思いながら、秋山はライターに火を灯《とも》した。

男性がくわえているタバコは、中ほどから折れまがった〝吸《す》いさし〟。

秋山は、その曲がったタバコの先に火をつけてやろうと、ライターを男性の顔に近づけた。

「うっ」

小さな明かりの中に、一瞬《いっしゅん》、うかびあがった男の顔を見て、秋山の口から思わず言葉がこぼれでた。

なんと男の顔は右半分が真っ赤にただれ、まるで生皮をはがしたようになっている。

「……どうも」

男はぶっきらぼうにいうと、霊園《れいえん》のおくへと消えていった。

いてもたってもいられなくなった秋山が、足早に出口へ向かうと、待ちあわせの場所に親類夫婦《ふうふ》がたたずんでいるのが見えた。

「いやいや申しわけない。乗ってた電車が人身事故でおくれちゃってね～」

親類はのんびりとした口調でいった。

「そうだったんですか。

待ってたんですがなかなか見えないので、ぼくは先に墓へ行って手を合わせてきました。じゃあ、ご案内します」

秋山がふたたび霊園《れいえん》の中へ入ろうとすると、親類が止めた。

「ああ、いやいや、それにはおよびません。ここまでくれば、わたしらで行けますから」

「え？　だって墓の場所がわからないのでは？」

「そう思ってたんですが、ここまできてみたら、昔の記憶《きおく》がよみがえってね。なんとか行けそうだなって、いまも家内と話してたんですよ」

「そうですか。灯籠《とうろう》の明かりをつけたままにしてありますから、遠目にもわかると思いますよ。では、ぼくはこれで……」

秋山はそういって別れを告げかけたが、ふと先ほどのことを思いおこした。

「あの……実はさっき……」

「なんでしょう？」

秋山は、ついいましがた自分が出くわした男性の話を、親類に話して聞かせた。

親類夫妻は、にこにこして聞いていた。

「いやあ……その人に火を近づけて顔が見えたら、本当におどろきましたよ。顔の右半分が焼けただれたようになってるんです。なんせ夜の墓地ですからね……」

話しながら秋山は、あきらかに親類夫妻の表情が変わったことに気づいた。

だんなさんの方は細かくくちびるをふるわせている。

「あの、どうかしましたか？」

心配そうに秋山が聞くと、親類は涙声《なみだごえ》でいった。

「今日が命日の近縁《きんえん》の者というのは、わたしの実の兄なんです。

戦争で南方へ送られて、そこであえなく戦死しましてね……。

亡骸《なきがら》がそのまま打ちすてられてあったのを、生きのこった戦友たちが現地で荼毘《だび》に付してくれて、遺骨《いこつ》だけでも帰ってきてくれました。

その兄はね……敵軍の爆弾《ばくだん》を受けて、右側半分を吹《ふ》きとばされて亡《な》くなったんです」

あの日、秋山が出くわしたのが、まさしくその人だという証拠《しょうこ》はない。

「でももし、あの日に、たまたま顔の右半分をけがした人と、ばったり会ったのだとしたら、すごいめぐりあわせだよな……」

秋山は遠い目をして、最後にそういった。

マネキン人形

高校生のころ、ある街の〝百貨店〟で、夏休みの間、短期のアルバイトをすることになった。いまふうにいえば〝デパート〟なのだろうが、およそデパートという感じではない〝百貨店〟。規模《きぼ》も小さく、とにかく古びたビルの中に、いくつかの売り場がある、そんな感じの店だった。

友人の田柄《たがら》がわたしよりひと足先にアルバイトとして入っていて、その紹介《しょうかい》ということで難《なん》なく採用してもらえた。

その百貨店は、わたしの自宅《じたく》からだいぶはなれていることもあり、夏休みの間、わたしは田《た》柄《がら》の家に泊《と》めてもらってバイト生活を送ることになった。

われわれの仕事は、売り場への商品供給《きょうきゅう》と、空いた段《だん》ボールや厚紙、ケース類などの片付《かたづ》け。

その日の作業内容は、数枚《すうまい》の指示書に事細かに記されていた。

ひとつの作業が終わると売り場主任に声をかけ、作業状況《じょうきょう》を確認《かくにん》してもらい、次の仕事に移る。なにか不手際《ふてぎわ》があれば指摘《してき》を受けてやり直し。きちんと指示通りにこなしていかなければ、完了《かんりょう》のサインはもらえない。

そこで働きだして、一週間ほどたったころのことだった。

その日はめずらしく夕方近くになって、新しい指示書が出た。

マネキン人形（女）七体↓三階婦人服売り場
マネキン人形（男）十体↓四階紳士《しんし》服売り場
マネキン人形（子ども女）五体↓二階子ども服売り場
マネキン人形（子ども男）八体↓二階子ども服売り場
いずれも、五階倉庫より移動のこと

もちろん、マネキン人形に服を着せるのは売り場担当《たんとう》者なので、われわれはそれを指示された場所へ運ぶだけだ。

田柄《たがら》とふたり、足をふみいれたことのない五階フロアへ向かう。

建物のすみにある〝この先　立ち入り禁止〟と書かれたバリケードをはずし、一歩一歩階段《かいだん》を上っていく。

とちゅうのおどり場で折りかえし、さらに上を目指すと、青くぬられた分厚い鉄扉《てっぴ》が現れた。

あらかじめ事務所から預かったかぎを、かぎ穴《あな》に差しこんで施錠《せじょう》を解く。

とびらは開けはなしておくことができないように、自然に閉《し》まる仕組みになっていた。

階段《かいだん》の明かりが遮断《しゃだん》され、わたしたちのまえに、真っ暗な空間が広がった。

「うわっ……真っ暗だな。田柄《たがら》、どこかに明かりのスイッチない？」

わたしがいうが早いか、田柄《たがら》がすでにスイッチのありかを見つけていたようで、すぐに天井《てんじょう》に並《なら》んだ蛍光灯《けいこうとう》が点灯した。

ところが、明るくなったのはわたしたちが立っているあたりだけで、その先は真っ暗のまま。

暗いフロアを目をこらして見回す。

倉庫とは名ばかりで、ずいぶん広い空間が広がっており、以前そこが他《ほか》のフロア同様、売り場だったことは容易に想像できた。

「おいなんだよ田柄《たがら》、明かり全部つけろよな」

田柄《たがら》は無言のままで、すっと天井《てんじょう》を指さして見せた。

ほとんどの蛍光灯《けいこうとう》が抜《ぬ》きとられている。

ふだん使っていないフロアなので、蛍光灯《けいこうとう》自体、必要最小限しか、はまっていなかったのだ。

「なんだよけちくさいなぁ！

売り場で蛍光灯《けいこうとう》が切れたら、ここから抜《ぬ》いて持っていってたんだな。

おかげで、マネキンが置いてあるおくの方が真っ暗だよ」

わたしは文句をいってはみたものの、とにかく指示された作業は進めなければならない。

蛍光灯《けいこうとう》のついている下で、ふたりで指示書をのぞきこみ、指定されたマネキンを、とりあえず暗いおくから手前部分へ移動させることにした。

「女型の方が軽いから、それはあとまわしにして、先に重たい男型を運んじまおう」

ちょっとだけ先輩《せんぱい》の田柄《たがら》が指示を出す。

生まれて初めて持ちあげるマネキン人形。

それは想像以上に重く、バランスが悪いため、実に持ちはこぶのがむずかしい。合計三十体のマネキン人形を運ぶのが、かんたんな作業でないことは、火を見るよりあきらかであった。

とにかく、まずは明かりのあるフロア手前部分に、マネキン人形を集める。指示書を見て確《かく》認《にん》し、わたしと田柄《たがら》は、それぞれ男型マネキン人形を抱《かか》えて、四階まで下りていく。紳士《しんし》服売り場に指示通りの個数を運び終え、女型を三階の婦人服売り場へ運んだ。

「さすがに男型は重かったなぁ。あとは軽いのばかりだから、さっさと終わらせちゃおう」

田柄《たがら》の言葉にうなずき、その日なんども行き来した、古びた階段《かいだん》を、わたしたちはまた最上階へと上っていった。

とちゅうにあるおどり場まできたときだった。

わたしは、鉄扉《てっぴ》のむこうで起こっている異変《いへん》に気づき、立ちすくんだ。

ついさっきまでわたしたちがいた五階から、たくさんの人がいるようなざわめきが聞こえてきたのだ。

「な、なんだこれ!?」

思わずわたしたちは、顔を見あわせた。

と、次の瞬間《しゅんかん》！


うわあああああああああああっ!!

助けてえっ!!

助けてくれえええええええっ!!


閉《し》まったままの鉄扉《てっぴ》のむこうからひびいてくる、まさに阿鼻叫喚《あびきょうかん》の声！

おそろしくなったわたしたちは、鉄扉《てっぴ》を開けることなく階段《かいだん》をかけおりた。

とにかく知っている売り場責任者を探《さが》して、方々走りまわった。

ようやく見知った責任者がいた。

「おまえたちなにをさわいでるんだっ！　お客様がいらっしゃるんだぞ！」

責任者は、あわてふためいているわたしたちをしかりとばした。

「い、い、いま、五階フロアで……」

ところが、わたしの〝五階フロア〟という言葉を聞いたとたん、責任者の顔色がさっと変わった。

田柄《たがら》と交互《こうご》に、矢つぎばやに話そうとするわたしたちの肩《かた》をポンポンとたたくと、責任者は「こっちへ」といってお客さんから見えない場所に引きよせた。

おこっていた顔が、打ってかわって落ちついた表情になっている。

「よしよし、わかったわかった。とにかくおまえたち、いまの作業はここまででいいから、ちょっと事務所へきなさい」

うながされるまま事務所へついていくと、おどろくべき言葉をかけられた。

「あのな。せっかくなんだが、新しい社員が入社することになってな。もう学生アルバイトが必要なくなったんだ。悪いが、きみたちは今日で辞《や》めてくれるか？　その代わりといってはなんだが、いままでのバイト代ははずんでおくから」

責任者の男性はそういうと、デスクの引きだしから茶封筒《ちゃぶうとう》を取りだし、おくにあった金庫から、それぞれに五万円を入れてわたした。

わたしたちは、その日をもってクビとなったわけだ。

それから数年後、わたしたちは地元の先輩《せんぱい》から、こんな話を聞かされた。

「おまえたちがアルバイトしていた百貨店な、最近、閉店《へいてん》したぞ。あそこは昔、大火事を出してな、大勢、犠牲《ぎせい》になってるんだ。火事が原因で、その会社が倒《とう》産《さん》したあと、別の名前で経営してたんだけど、怪《あや》しいうわさがあとを絶たなくてな、結局また閉店《へいてん》したよ」

それを聞いたわたしたちは、ふるえあがった。

なぜなら……。

あの日、マネキン人形を運びだした五階フロアの天井《てんじょう》は、一面真っ黒だったのだ。蛍光灯《けいこうとう》のことで、天井《てんじょう》をなんども見たので、よく覚えている。その上かべも異様《いよう》に黒かった。勝手に閉《し》まるあの鉄扉《てっぴ》は、火災時に延焼《えんしょう》を食いとめるために閉《と》じられる、防火とびらだったのだ。

あのとき、とびらのむこうから聞こえた怒号《どごう》と悲鳴……。
わたしはこれから先も、決して忘《わす》れることはないだろう。

ポチ

小学四年生の終わりに、わたしは、それまで住んでいた沖縄《おきなわ》から、生まれ故郷《こきょう》の北海道にもどった。

わたしが住む祖父母の家の周りには、年が近い子どもたちが多く、遊びにはこと欠かない毎日を送っていた。

中でも特に仲がよかったのが、となりに住む奥田《おくだ》兄弟で、よくいっしょにつりに行ったり、プラモデルを作ったりしたものだった。

奥田《おくだ》家では一匹《ぴき》の雑種犬を飼っていて、名前を〝ポチ〟といった。

人なつっこくかしこいオス犬だったが、家の裏《うら》にある粗末《そまつ》な犬小屋に、いつもくさりでつながれていた。

ポチは、なぜだか異様《いよう》なほどわたしになつき、わたしの姿《すがた》を見ると、クンクンと甘《あま》えた声を出してすりよってきては、必死に顔をなめようとする。

そんなポチがかわいくてたまらず、わたしはことあるごとにそばへ行っては、頭をなでたり腹《はら》をさすったりしていた。

ポチがなぜ、そんなにわたしになついたのか、その理由はしばらくたってからわかった。

その家のだれもが、ポチを粗末《そまつ》にあつかっていたのだ。

与《あた》えられるえさは、くさったような残飯ばかり。

かわいそうに思って、うちの犬のえさを持っていったこともあったが、「ああ～そんなのやらんで！　ふだんのえさ食わなくなるから！」

そう、家人にしかられた。


ある日のこと。

授業が終わって、友だち数人と帰りじたくをしていると、クラスメートの伊藤《いとう》が教室に飛びこんできて、わたしにいった。

「校門のところにポチがいる！」

「なんだって!?　そんなはずないよ。ポチはつながれて……」

「まちがいないって。いいからきて見てみろ！」

教室の窓《まど》から見てみると、校門のわきに一匹《ぴき》の中型犬が、ちょこんとおすわりしている。

それがポチであることは、遠目にもわかった。

目のまえを通る子どもたちを、ひとりずつ目で追っているようだった。

「なんで？　どうしてポチが、ここにいるんだろう？」

「飼い主を待ってるんでないのかい？」

友人数人と、そんな会話を交《か》わしながらポチに近づいた、そのときだった。

ワンワンワンワンワンッ

わたしの姿《すがた》を見るや、常軌《じょうき》をいっしたように、歓喜《かんき》に満ちた声を発しながらポチが飛びかかってきた。

それからというもの、なぜだかわからないが、ポチは毎日、学校までわたしをむかえにくるようになった。


北海道の夏は短い。

あっという間に秋がきて木々は色づき、すぐに木がらしの吹《ふ》く冬へ突入《とつにゅう》する。

初めて実感する雪、寒さ、冷たさ。

物心ついて初めて知った、北海道の〝本気でくる冬〟だった。

当時の子どもたちの冬の遊びといえば、なんといってもミニスキーだ。

家のまえにはうずたかく積みあげられた雪の山があり、それをみんなでふみかためて斜面《しゃめん》を整え、その中ほどにジャンプ台を作る。

北国育ちの男の子であれば、だれもが狂喜《きょうき》した雪遊びだろう。

冬になってもあいかわらず、ポチの学校へのおむかえは、ほぼ毎日のように続いていた。

いっしょに家にもどったあとは、わたしたちがミニスキーに興じるのを、ポチは少しはなれた場所から、いつもじっと見ていた。

わたしには、北海道へ行ったら絶対にやってみたいと思っていることがあった。

それはかまくら作り。

友だちといっしょにあの中にすわって、ろうそくを灯《とも》したり甘酒《あまざけ》を飲んだりするのを、子どもながらに夢見ていたのだ。

友人たちにその話をすると、みんなふたつ返事で了解《りょうかい》してくれて、すぐに作業に取りかかることとなった。

「かまくらはな、ただ穴《あな》をほるだけでは、だめなんだわ」

奥田《おくだ》兄がわたしにさとす。

「え！　そうなの？」

「中からしっかり固めなきゃ、突然崩《とつぜんくず》れて死んじゃうっしょや！」

「さすがぁ！」

数時間後、決して大きくはないが、子どもならゆうに五人は入れる、みごとなかまくらが完成した。

中に使わなくなったゴザをしき、小さなちゃぶ台を置いた。

入れかわり立ちかわり友人たちがやってきては、かまくらで遊ぶようになった。


その日は朝から猛吹雪《もうふぶき》だった。

視界《しかい》がかすむくらいのすさまじさで、雪はそのあとも降《ふ》りつづけ、下校するころには、そこかしこで大型の除雪《じょせつ》車がうなりをあげていた。

「あれ？　今日はポチきてないね」

友だちに、そういわれてわたしは気がついた。

それまでは、雪が降《ふ》ろうがなんだろうが、毎日通い続けていたポチの姿《すがた》が見あたらない。

「きっとこの雪でまいっちゃってんだわ犬も。あははは」

友だちはそう笑いとばしたが、わたしはなんだか胸《むな》さわぎがした。

あとで再会することを約束して、友だちと別れたわたしは、家へ向かってかけだした。

心臓《しんぞう》が変な鼓動《こどう》を打っている。

玄関《げんかん》にカバンを放《ほう》りなげると、わたしは奥田家《おくだけ》にかけこんだ。

しかし犬小屋は、もぬけのから。

「あら、なしたのそんなにあわてて？」

その場に立ちつくしていると、奥田《おくだ》のお母さんが裏口《うらぐち》から顔を出した。

「ポ、ポチは？」

「それがねえ、いないんだわ、昨夜から」

「いない？」

「そうなのさ〜。どこ行ったんだべねぇ」

「捜《さが》さないの？　おばさん！」

「捜《さが》すったってねぇ……腹《はら》すいたら帰ってくるっしょ。あははは」

奥田《おくだ》のお母さんは、まったく気にかけていないようだった。

いなくなった犬を、どう捜《さが》せばいいのか。

それが至難《しなん》の業《わざ》であることは、子どものわたしにも理解できた。

その日はなんだか妙《みょう》な胸《むな》さわぎがおさまらず、テレビも見ないまま、さっさと風呂《ふろ》へ入り、わたしは早々に寝床《ねどこ》へもぐりこんだ。


どれくらい時間がたっただろう。

わたしは異様《いよう》な寒さと、ふつうではないのどのかわきで目が覚めた。

周囲を見回すと、わたしは大きなかまくらの中にいる。

(な、なんでっ!? ちゃんとふとんの中にいたはずなのに……)

そう思ったとたん、自分のすぐとなりにふっと温《ぬく》もりを感じて、わたしは手をのばした。

そこに、ポチが寝《ね》ている。

「なんだよポチ! こんなところにいたのかぁ」

わたしがそういいながら頭をなでると、ポチはゆっくりと顔をこちらに向け、頭をなでていたわたしの手をペロリと一度なめた。

それから身動きもせず、じっとわたしの目を見つづけている。

その直後、わたしは猛烈《もうれつ》な眠気《ねむけ》におそわれ、ポチの横で、すーっと眠《ねむ》りのふちへと落ちていった。

ポチは、翌朝《よくあさ》すぐに見つかった。

みんなで作ったかまくらの中で死んでいた。

雪のかべに鼻をつっこみ、ゴザの上でふせをする形で冷たくなっていたのだ。

目を閉《と》じ、両手をまえでしっかりとそろえ、しっぽはまっすぐうしろへとのばして……。

わたしが夢の中で寄りそった姿《すがた》のままだった。

最後にじっと見つめたポチの目を、わたしは一生忘《わす》れることはない。

最後に

本シリーズ続刊が伝えられたとき、わたしの中に光明が降《ふ》りそそいだ。

わたしが若《わか》い読者に最も伝えたいと願う『命について』ということが、広く受け入れられた証《あか》しだと思ったからだ。


よくドラマや映画《えいが》の中で、こんなシーンを目にすることがある。

ささいなことが原因で勃発《ぼっぱつ》した親子げんか。どうにも収拾《しゅうしゅう》のめどが立たず、ついに子どもがこんなことを口走る。

「頼《たの》みもしないのに、あんたが勝手におれを産んだんだろ！」

「なんてことというの！」「うるせえっ！」となり、息子《むすこ》は家を飛びだしてしまう。

そういうわたしも、中学生くらいのころに、母にそんな言葉を投げかけてしまった経験がある。

しかし大人になり、ひょんなことから出会ったひとりの僧侶《そうりょ》に、こんなことをいわれた。

「中村さん。人というのはね、ちゃんと親を選んで生まれてくるんだよ。たまたま偶然《ぐうぜん》に、その親から生まれるんじゃない。自分でちゃんと親を選んで、それを自覚してこの世で人となるんだ」

もちろん科学的な証明も、裏付《うらづ》けもないだろう。

でもそれを聞いたわたしの胸《むね》に、巨大《きょだい》な衝撃《しょうげき》と後悔《こうかい》の念がおしよせ、いてもたってもいられぬ気分になったのを、いまでもはっきりと覚えている。


それからわたしはひとりの男の子と知りあった。

小学一年のその子は、はっきりとした口調で「ぼくには死んだ人が見える」といった。

アニメかなにかに感化された上でのことかもと思い、よくよく彼《かれ》の話を聞いてみる。どういう風に見えるのかなどをつきつめていくと、わたしが感じる図式とよく似ている。その子もまた〝見える人〟なのだと実感した。

わたしはその子にこんな質問をしてみた。

「お母さんのおなかの中にいたときのこと、もしかして覚えてる？」

するとその子は強くうなずいて、こんな話を聞かせてくれた。

「あのね。ぼくは生まれるまえ、小さな光の粒《つぶ》でね、たくさんの友だちたちと宇宙《うちゅう》にいたの」

生まれるまえの記憶《きおく》を〝胎内記憶《たいないきおく》〟というが、彼《かれ》の表現は、胎内記憶《たいないきおく》の研究者が同様の発表をしている。わたしもその論文《ろんぶん》を読んだことがあった。

続けて彼《かれ》のいった言葉に、わたしは思わず涙《なみだ》がこぼれそうになった。

「宇宙《うちゅう》をふわふわただよっていたら、とっても楽しそうな笑い声が聞こえたの。あそこに行ったら、きっと楽しいだろうな、幸せだろうなって思ったの。そう思いながら、そっちに向かって飛んでいったら、いつの間にかお母さんのおなかの中に入ってたんだよ」

むろん彼《かれ》のいうことにも確証はない。

でもわたしはそれを信じてやまないし、それがどの子にとっても事実であると心から願っている。

わたしは数年前から、怪談《かいだん》をツールとした道徳の授業、〝道徳怪談《かいだん》〟を展開《てんかい》している。

〝道徳怪談《かいだん》〟の授業を受ける方には、かならず守ってもらうある約束事がある。

〝親子で参加すること〟そして〝親子でとなり同士にすわること〟だ。

これが実に大事なのだ。

怪談《かいだん》は、だれかがどこかで亡《な》くなった上でできるもの。人の死を無視《むし》しては成り立たない。

だからこそ、怪談《かいだん》には人と人との縁《えん》やつながりがあり、そこに生と死、命の儚《はかな》さ、尊厳《そんげん》、大切さが生まれる。

その人と人との〝いちばんのつながり〟、基本が親子ではないかと思う。

その絆《きずな》を再確認《さいかくにん》してもらい、さらに強いものにする。わずかながらでもそこに力添《ちからぞ》えできるならと願いつつ、今日も怪談《かいだん》をおくりつづける。

中村まさみ

北海道岩見沢市生まれ。生まれてすぐに東京、沖縄へと移住後、母の体調不良により小学生の時に再び故郷・北海道に戻る。18歳の頃から数年間、ディスコでの職業DJを務め、その後20年近く車の専門誌でライターを務める。
自ら体験した実話怪談を語るという分野の先駆的存在として、現在、怪談師・ファンキー中村の名前で活躍中。怪談ネットラジオ「不安奇異夜話」は異例のリスナー数を誇っていた。全国各地で怪談を語る「不安奇異夜話」、怪談を通じて命の尊厳を伝える「道徳怪談」を鋭意開催中。

著書に『不明門の間』(竹書房)、オーディオブックCD「ひとり怪談」「幽霊譚」、監修作品に『背筋が凍った怖すぎる心霊体験』(双葉社)、映画原作に「呪いのドライブ　しあわせになれない悲しい花」(いずれもファンキー中村名義)などがある。

●校正　株式会社鷗来堂
●装画　菊池杏子
●装丁　株式会社グラフィオ

怪談 5分間の恐怖　マネキン人形

発行	初版／2018年2月　第4刷／2019年4月
著	中村まさみ
発行所	株式会社金の星社 〒111-0056　東京都台東区小島1-4-3 TEL　03-3861-1861(代表)　FAX　03-3861-1507 振替　00100-0-64678　ホームページ　http://www.kinnohoshi.co.jp
組版	株式会社鷗来堂
印刷・製本	図書印刷株式会社
	256ページ　19.4cm　NDC913　ISBN978-4-323-08118-2
	乱丁落丁本は、ご面倒ですが小社販売部宛にご送付ください。 送料小社負担でお取り替えいたします。